# 目录

江波科幻精品系列

洪荒世界

江波 著

科学普及出版社
·北 京·

图书在版编目（CIP）数据

洪荒世界 / 江波著 . -- 北京：科学普及出版社，2020.11
（江波科幻精品系列）
ISBN 978-7-110-10146-9

I. ①洪… II. ①江… III. ①幻想小说－小说集－中国－当代 IV. ①I247.7

中国版本图书馆 CIP 数据核字（2020）第 161047 号

策划编辑	王卫英	
责任编辑	王卫英　刘　今	
装帧设计	中文天地	
责任校对	张晓莉	
责任印制	徐　飞	

出　　版	科学普及出版社	
发　　行	中国科学技术出版社有限公司发行部	
地　　址	北京市海淀区中关村南大街16号	
邮　　编	100081	
发行电话	010-62173865	
传　　真	010-62173081	
网　　址	http://www.cspbooks.com.cn	

开　　本	880mm×1230mm　1/32	
字　　数	120千字	
印　　张	6.375	
版　　次	2020年11月第1版	
印　　次	2020年11月第1次印刷	
印　　刷	北京盛通印刷股份有限公司	
书　　号	ISBN 978-7-110-10146-9 / I·614	
定　　价	30.00元	

洪荒世界

　　洪荒世界并不荒凉，相反，它生气盎然。只是在很久很久之前，那儿一无所有，被荒凉包围，于是被称为洪荒世界。这个名称一直沿用下来，变成了今天这样名不副实的情况。

　　这个世界每年为全球贡献五十万亿元的产值，并且以每年 10% 的速度增长。尽管由于反托拉斯法案，洪荒世界由六家公司经营，但这六家公司有同一个董事长——江小王。这个名字被无数媒体报道过，也有无数传记作家写过关于他的书，然而，从来没有人见过他本人，甚至有据可查的影像也找不到。在超网覆盖了地球每一个角落的今天，这种事情堪称奇迹。正因如此，阿飞接到邀请的时候大吃一惊，在想这是否是个骗局，但在超网浏览了一天之后，他决定接受邀请。一个有能力在网络中隐形的人，就是这个世界的上帝。任何人都不会放弃和上帝见面的机会，除非他已经心如死灰，再没有一点好奇和热情。

邀请函的来历颇为奇特。它直接掉进了个人邮箱，没有任何痕迹可循。阿飞的邮箱是顶级机密，任何人，如果不是由阿飞授权，都没办法把信塞进他的邮箱里。居心叵测的发件人会收到提示：该邮箱地址无法投递。ISL 邮件公司向它的客户承诺，没有任何黑客可以"黑掉"邮箱，也没有任何信件可以不经许可就被投递，黄金铸就的超现实保护机制会将任何不良企图拒之门外。然而，这个强悍的保护机制却没有起一点儿作用。邮件出现在邮箱里，没有发件人，没有标题，悄无声息地突破了任何可能的封锁。它在那儿，标准的垃圾邮件模样，闪烁着红光，仿佛在嘲弄邮箱的私密性。

阿飞怀着愤怒的心情点开了这封邮件，想着明天就要去把交给 ISL 邮件公司的三千元年费要回来，然后去法院告它，让它赔偿一千万元的精神损失费。这种事情居然会发生在文明世界里，阿飞想起自己隐藏在某个目录下的特殊文件，一想到这些隐私有被某个不得而知的存在偷窥的危险，愤怒让他几乎有了杀人的心。

然而邮件的内容让他的愤怒平息下来。这是一封标准的邀请函，洪荒世界的董事长江小王邀请他进行一次采访。看着江小王这个如雷贯耳的名字，阿飞进入了恍惚状态。无论如何，这更像一个骗局而不是真实。在那些老掉牙的故事里，经常有人冒充银行家发送邮件，邀请你继承一笔很大的遗产，或者是用各种"合法"手段把天文数字的巨款转到你名下。事实证明，从来没有人靠这个成了富翁，阿飞倒是听说过不少因为这个变得倾家荡产的案例。

骗局的可能性仍在。然而阿飞看不出自己会失去什么，相反，对江小王的成功采访将会使他一夜成名，成为地球、月球和火星，以及大大小小三十六座太空城最吸引眼球的记者。为了百分之千的利益，他没有什么可犹豫的。而且，只要有人类的地方，就有超网，就很安全。

在出发之前，阿飞给李娟打了电话。人不在，是电话留言。

"游戏有什么好玩的！出来了给我打电话。知道吗，我去采访江小王！江小王，洪荒世界的董事长。在量子芯座 20009607 号。"

量子计算机无疑是本世纪最重要的发明。这个发明及应用体系的深远意义随着时间的推移愈发明确：它从根本上改变了世界，指数式增长的信息处理能力让整个地球在 2235 年联合成一个整体。政府的作用淡化，对任何事件，全球的民意都可以在十分钟内反馈完毕。系统将按照民意去实施，没有统治者，只有执行者。所有的人对此都感到满意。所有的人都知道这是量子计算机的功劳，然而很少有人明白量子计算机是怎么做到的，甚至绝大部分的人都不知道量子计算机长什么模样，尽管得到这个信息只需要小小的一转念。谁都不谈论的事情，了解它又有什么用呢？

阿飞就属于这绝大部分人中间的一个。于是，在看到量子计算机之后，他张大了嘴，半天没合上。

房间巨大且安静。一眼看过去，就像是空旷的露天足球场。隔离杆的那边，是密密麻麻的白色植株，半米多高，参差不齐，顶部膨胀，仿佛篮球大小。这白色植物从眼前一直延伸到场地尽头。在场地的上空，悬挂着一块大屏幕，上边是各种各样的数据，有的停滞不动，有的飞快跳跃。所有的数据阿飞都看不懂，然而那上边的文字他能够明白：量子芯座 20009607 号。这就是量子芯座？！充满科幻质感的银色大楼，幽蓝色调，水银般的物质、反物质在各种透明管道中流动……所有关于量子芯座的想象在刹那间如肥皂泡一般破灭。展现在阿飞眼前的，不像是世界的大脑，更像是一片菜地，而且可能由于管理的疏忽，这片菜地凌乱不堪。

"这就是量子芯座？"阿飞问。

"没错。每一个人都会问这个问题。"保安有些不耐烦，"难道你们来之前就不能上网看看？全世界的量子芯座都长这样。"

"它是活的？"

"嗯，谁知道。你可以自己去问问。我又不是科学家。"

"看起来就像蘑菇。"

"是啊，我也这么想。它们长起来也像蘑菇。"

"什么意思？"

保安诡异地笑笑，"这东西可有新闻价值。"

阿飞掏出自己的身份证，打开输入栏，问："你的银行账号是多少？"

江小王就在那扇门里。阿飞有些忐忑不安。量子芯座20009607号不是一个简单的量子胞基地，它的地下还有复杂的建筑结构。有多复杂，阿飞并不知道，他坐上高速电梯十五秒后，门才重新打开。简单估计，这地方应该在地下两百米深处。

门开后，阿飞看到的一切都在印证这个世界有多神奇。墙上挂着画——真正的画，纸的纤维，颜料的颗粒，暴露在眼前，真真切切。阿飞伸手去摸，被玻璃挡住。十几个巨大的琉璃柜子沿着墙边排列，里边陈列着各种各样的东西。一本书，一串珍珠，一方温润的玉石，一顶金灿灿的皇冠……阿飞再一次张大嘴，他飞速地拍摄着所有的东西，希望能把眼里的一切都变成图片，发布在网上。即便没见到江小王，这里的珍宝就足够引起轰动。然而，拍摄了两张之后相机便不能工作了。阿飞检查机器，发现不能连接网络。这里与世隔绝。这个地方有人类，这个地方没有超网。阿飞的心突突跳了两下。

长长的廊道尽头是一扇门。江小王就在门里边。阿飞仍然有些忐忑不安。

"进来吧，我等了很久了。"

江小王长得很不怎么样，如果刻薄一点，可以用猥琐来形容。而且他光着身子，一丝不挂。白乎乎的身子在晦暗的灯光下就像一条肉乎乎的"大虫"。这条"大虫"戴着接入头盔。这个地方并没有完全与世界隔离，至少这床上的主人还和外界联系着。

"让你吃惊了。我已经十几年没有穿过衣服了，希望不要吓着你。"

阿飞把视线挪开，打量四周，尽量保持平静，"没事，我有心理准备。"

这几乎是一个光纤的世界。胳膊粗细的光纤密密麻麻，纵横交错，把房间包裹得严严实实。阿飞有一种错觉，这屋子就像一个巨大的蛹，而他正不幸地站在那蛹中的"大虫"身边。就是这么一个地方，这么一个人，控制着洪荒世界，占据着世界上最多的财富？眼前的一切实在难以和"富贵"两个字联系起来，更不能让人想象这白花花的"大虫"就是世界上最顶尖的精英人士。

"你，就是江小王？"

"不然我还能是谁呢？"江小王微笑着，并不介意阿飞眼中的怀疑神色，他知道，这个年轻人只是被吓坏了。

"只是……看起来……我不知道……有点……那个……"

"出乎意料，是吗？没关系，你会习惯的。"

江小王从床上站起来，摘掉头盔，向着阿飞走了几步。阿飞不由自主地后退。

江小王笑了笑，拉过一把椅子坐下，"我就坐在这儿。既然来了，就问吧。我们不用浪费时间。"

阿飞不自然地笑笑，想找一把椅子。一把椅子很自然地出现在他手边，他不假思索地拉过来，坐下，一时间却不知道如何开口。气氛太过诡异，准备好的采访提纲忘得一干二净。在这个鬼地方，他连求救电话都没法打。

"好吧，记者先生。你准备问些什么？我这里有足够的秘密可以让你一夜成名，不要错过机会。"

阿飞咽下一口唾沫。

用外貌来衡量一个人是巨大的错误。人的精华不在于漂亮的脸蛋，健美的体魄，而是智慧和精神。在量子时代更是如此，漂亮的脸蛋和健美的体魄都可以在洪荒世界中得到，要什么有什么，智慧和精神却没法拿来。人们无法知道也不会关心，接入系统的那一端是怎样一个肉体，但却能够辨认其有怎样的智慧和精神。当然，在传统里，伟大的智慧和高尚的情操通常会和一个伟岸的身躯联系在一起，或者至少也是一个精明强干的躯体，事实却证明，这实实在在是个一厢情愿的错觉。阿飞正在纠正自己的这么一个错误。

随着交谈的深入，阿飞发现了一座"金矿"。对面坐着的白花花的"大虫"深不可测，好像知晓这个世界上所有的一切。从天上到地下，太空到深海，活着的和死去的，真实的和虚幻的……阿飞的一个问题会换来江小王源源不断的答案，直到阿飞目瞪口呆、不知所以，他才会停下来。这不是记者和采访对象之间应该有的关系。两个人至少要智力相当，才能碰撞出火花。一个天才和一个弱智之间注定没有什么共同语言。不幸的是，阿飞发现自己正处在弱智的不利地位。一个个词句从江小王的嘴里蹦出来，阿飞理解起来非常吃力，就像一只阿米巴虫试图理解牛顿方程。有的时候，他甚至怀疑这究竟是不是汉语，然而他不得不听着，紧跟着，即便脑子成了一团糨糊也要不时点头来表示自己跟得上。

江小王突然停下来，"试试这个。"他拿出一个接入装置，递给阿飞。

"干什么？"

"这是特制的接入头盔。你戴上，理解我说的东西就不会那么吃力了。"

阿飞的脸红了一下，接过来。这头盔和外边的洪荒世界接入口有些不同，制作精良，一丝不苟。内层的探头紧密有致，看上去赏心悦目。阿飞从来不是一个游戏迷。在洪荒世界里，他只有一个账号，那是李娟生日那天，为了哄她高兴和她一起玩游戏而注册的。那些廉价的塑料制品，看起来就不是那么的让人放心。然而李娟却乐此不疲，以至于阿飞经常要去洪荒世界的大楼里找她。阿飞此行的另一个目的，就是希望轰动效应能给他带来足够的钱，这样他就可以在家里安装一个接入装置，至少李娟不需要再跑到洪荒世界大楼里去玩游戏。

对于洪荒世界，阿飞一向嗤之以鼻，这些虚拟世界用虚拟代替现实，让人不能自拔，实实在在是一种畸形产物。然而几乎所有人都在玩。除了必要的工作时间，很多人整天猫在系统里，耗费着时间和金钱。阿飞并不明白为什么洪荒世界能够拥有这么大的魅力，让这些人几乎放弃了现实生活。也许江小王能给出答案。

阿飞把头盔戴上。细微的碰触之后，他的头皮仿佛被紧紧地揪了起来。他又有了一个错觉——自己好像孙悟空戴上了紧箍咒。那么，唐僧又在哪里？

世界以巨大的速度扑面而来。无数个世界在阿飞的意识里四处开花。亚洲，美洲，非洲……地球的每一个角落都清晰可见；泰坦，盘古，女娲…… 一座座太空城仿佛都在眼前；魔兽世界，金银王国，南赡部洲……洪荒世界的子系统层出不穷。七千年人类文明积累的知识，亿万玩家创造的故事，无数催人泪下的悲欢离合……仿佛有一根大棒在脑子里飞快地搅动，脑浆被捣成了糊状，旋转着，像发泡塑料一样膨胀起来，以致头颅再也容不下。在那一刻，阿飞以为自己就要死了，被这种爆炸式的填充活活挤死了。他突然有了一个幽默的想法：至少这样的死法很独特。他甚至想到了新闻的标题：量子时代的新杀手惊现沪上——海量信息导致脑死亡。就在他认为自己落入圈套，马上就要被杀死的时刻，一切突然平稳下来，就像千钧的大山压到了头顶，却突然停止下坠。一股强大的力量正帮助他学会控制节奏。他缓了过来。

世界以巨大的速度扑面而来，阿飞在其中游刃有余。

感觉棒极了。他睁开眼睛，江小王正带着意味深长的微笑看着他，"你对洪荒世界已经有了更深的感受。"

是的，阿飞有了更深的感受。几个瞬间的海量信息比他前半生所有的知识积累还要深广。将近九成的人会将一半以上的清醒时间花在洪荒世界里，剩下的一半清醒时间则无时无刻不盼望着重新回到那个世界中去。更有那么一群人，他们不需要工作，祖上留下的财富足够负担七八辈子的开销，他们把整个生命都投入洪荒世界中，从不断线。洪流已经形成，经过之处，什么都不会剩下。一年多前，阿飞写过一个报道，专门讲述洪荒世界给这个世界带来了些什么，他发现自己居然有着预言家的潜质，因为那篇文章和扑面而来的海量信息几乎契合到无缝的程度。文章的结尾是这样的：

　　这虚拟的世界，几乎攫取了将近一半的人类劳动时间，越来越多的人倾向于生活在洪荒世界中。很难想象，当这种倾向成为主流，以不可逆转的势头向前发展，我们的未来世界会是什么模样？笔者尽力想象，然而这主题实在有些庞大。庞大到令人毛骨悚然。于是一个寒噤之后，结论仍是空白。

每一个读者的心中，必然会有一个结论，姑且保留它，留给时间去证明。

江小王的目的显然不是让阿飞印证自己的结论。千头万绪的信息里包含一个实验。它排列在所有信息的前边，享有最高优先权，无论阿飞的注意力在什么地方，只要他稍加注意，这个信息就会跳到他的意识中。

某个科学研究组织挑选了来自全球的一百六十多名死刑犯，免除其死刑，要求他们合作，自愿接受比眼下的洪荒世界更强烈的虚拟刺激。

一个死刑犯不接受条件。他被执行了死刑，注射氰化物致死。

三个人接受了过量刺激，脑细胞大量死亡，导致全身系统衰竭而死。

一个女囚犯拒绝醒过来。她在虚拟世界中找到了自己的最爱，和他度过一生之后，她用强烈的死亡意志启动了令身体崩溃的基因，在虚拟世界和现实世界中同时死去。

特殊个例，重新计算后发现概率只有亿分之一。

剩下的人，死于自杀。

阿飞咽下一口唾沫。

根据精神病专家的意见，这些人有不同程度的人格分裂。智商越高的人，精神分裂的程度越严重，自杀倾向也更明显。同时有几个人格活跃在脑子里，各种各样的记忆，不同的人生充斥着他们的大脑。他们已经不知道究竟身在何处，两个世界甚至更多的世界让他们彻底迷失。他们已经无法再正常生活，除非进行强制性精神治疗，把某一个或多个人格彻底封闭起来。这种做法和杀死他的一半没有区别。而且，虚拟世界中得到的人格更容易被强化，因其为头脑的生化反应提供了更强的刺激。

人们不能分清虚拟和现实。但人们更倾向于接受虚拟世界。

阿飞的脑子里形成一幅图景：无数人接入系统，他们不吃不喝，完全忘掉身体仍旧在那儿存在。几天之后，身体开始枯萎，死亡，然而这些人浑然不觉。再几天之后，身体变成了尸体，就像花朵凋谢，从系统中脱离出来，腐朽。

他们在杀人！强烈的情绪让阿飞猛地站起来，把头盔扯掉。

江小王平静地看着他，"孩子，那只是一个开始。"

庄子是古老中国最伟大的哲学家之一。他有个梦蝶的故事。故事是这样的：一天，庄子在熟睡，做了一个美梦，在梦中，他是一只蝴蝶，在花丛中翩翩起舞，正在舞得高兴的时刻，有人推他，使他从梦中惊醒。梦中的情形历历在目，栩栩如生。庄子略加思考，说了几句话，留下一个关于真实和虚幻的哲学命题：是庄生梦见了蝴蝶，还是蝴蝶梦见了庄生？

阿飞正做着一样的事。他进入了梦境，从一颗卵开始，孵化，变成毛茸茸的青虫，结茧，在茧中化作蛹，最后破茧而出，化成蝴蝶，在花丛中飞舞——他醒过来，眼前坐着江小王。

"是你变成了蝴蝶，还是蝴蝶变成了你？"

是他变成了蝴蝶。阿飞毫不犹豫地选择这个答案。现实就在眼前，不容否定。然而，当他仔细回忆那只虚幻的蝴蝶，却是那么地真实且不容否定。于是他又有些犹豫了。

"你没有变成蝴蝶，蝴蝶也没有变成你。"

那短暂而美丽的一生仿佛电影般在阿飞的脑子里回放。他甚至能够回想起从卵中挣扎出来，拥有知觉的那一刹那，空气就像拥有魔法的甘泉，让他在一瞬间充满力量；还有那破茧而出的阵痛，清晰又明确；最后是花丛中婆娑的舞蹈，优美的韵律。阿飞伸出手，比拟成蝴蝶翅膀的模样，手势上下起伏，正像一只翩然的蝴蝶。

"你就是蝴蝶，蝴蝶就是你。"

是的，这是答案。阿飞不再是那个阿飞，至少，他曾经是一只蝴蝶，不管这是在超网中主导的人工智能——超脑的恶作剧还是江小王的阴谋，他承认这个事实。阿飞抬眼望着江小王。

"囚犯都自杀了，那么我也快了？"

"你和他们不同。"

"有什么不同？"

江小王微微一笑，"至少你还精神健康。"

蛹状的房间正在变化。缠绕紧密的光纤缓缓褪去颜色，变得透明，隐形。这些隐形的管子收缩，隐藏到墙壁中去。银白色的灯光亮起来，房间变得一片光明。几道隐藏的门相继打开，空间开阔，气派宏大。

阿飞惊奇地看着眼前的一切。前后的对比太鲜明，他仿佛来到了另一个世界。这个世界，才符合他想象中洪荒世界董事长的办公室。他转身，江小王就在身后站着，仍旧一丝不挂，不像一个顶级人物，在银色灯光的映射下，仿佛一条蠕虫。

江小王摁下一个按钮，地面打开一道缝，一个亮晶晶的东西缓缓上升。当它升到一半时，阿飞辨认出这是一副棺材。棺材里隐约有个人形。

一副接着一副棺材从地缝里冒出来，靠墙整齐排列，一共十二副。最后两副棺材是空的。

两副空棺材，屋子里有两个人。阿飞有些怀疑这不是巧合。

江小王向着阿飞点点头，仿佛看穿了阿飞正在想些什么，这让他更加紧张。

"你是特殊的，阿飞。找你来，是因为你具有一种特质，能够把现实和虚拟区分开。"

"我已经承认，我是一只蝴蝶。"

"但是你知道，此刻你并不是蝴蝶。"

阿飞沉默下来，他经历了囚犯们同样经历的事，然而他并不想自杀，甚至没有一点冲动。

"人体大同小异。这微小的差异，却决定了有些人能够继续生存，有些人只能自杀。那些参与实验的人，他们回到现实中的时候，已经不能分辨此刻是现实还是虚拟，一切在他们的脑子里混作一团，除了死亡没有别的解脱办法。你不一样。你这样的人很少，即便是经过仔细甄选的人，也未必能够通过真正的考验。概率不大，大约只有三百分之一。你非常特别。"

阿飞看着江小王，"三百分之一？为了找到我，你可能要杀死三百个无辜的人。你在拿人的生命开玩笑。"

江小王微笑着，"很高兴你能抓住这个把柄。不错，在你之前，已经有一百六十七个人死掉。然而这并不是玩笑。"

第一个成形的量子胞于2182年诞生在北京的一所高校。那个量子胞只有垒球般大，功能却可以媲美当时最先进的银河计算机——每秒计算六千亿亿次，解开一个五百位数的因数分解不需要一秒，然而如果算上维持设备，体积则相当于三台银河计算机。之后，量子计算机开始出现，但由于成本高昂，根本无法推广——量子胞是一种生物体，对温度、湿度、洁净度有着苛刻的要求，同时还需要外界的空气、水和阳光。如何实现量子胞的互联成为一个世界难题。

互联问题在十二年后被解决。加利福尼亚大学的博士生江小王在实验室里成功地让一个量子胞分裂，形成一种新个体，两个量子胞相互独立，然而通过某种类似于光纤功能的生物性传输导管连通在一起。量子网络由此发端。

发展量子网络并不容易。苛刻的生存条件意味着庞大的资金消耗。学校的钱捉襟见肘，架构最简单的量子网络会把整个预算都吃光；每个机构都要养活一群人，从其他机构得到资金支持异常困难；政府的专项预算则因为审批程序的原因至少要等两年——江小王把目光投向民间。民间的闲散资金庞大，然而让老百姓掏钱很难。每个人都紧紧地看着自己的钱袋，生怕被别人占了便宜，人们不会因为量子网络影响深远而慷慨解囊，只有看见实惠才会打开钱包——洪荒世界堂皇登场，以席卷一切的态势聚敛财富，量子网络开始高速发展，2202 年，量子芯座00000001 号在上海落成。

一个时代由此开创。

阿飞怀疑地看着江小王，有些不明白他回顾这些历史的目的。这是一个现代的传奇，科学和财富的完美统一，正体现了时代的价值观。然而，此刻，在这样的一个地下宫殿，面对着十二副棺材，阿飞实在不能理解江小王的动机。他有些怀疑眼前的这个人是否也像那些实验品一样，在虚拟和现实的错位中发生了精神分裂。如果真是这样，那么阿飞的情形也不太妙。

"我们为了科研才进行的商业化，然而，这就像一个链式反应，一旦启动了，就再也没有办法让它停下。洪荒世界的成功几乎不受控制，职业经理人接手公司，人们像吸毒一样对游戏上瘾，利润如洪水一般流向股东。科研小组变得很有钱，更多有才华的青年投入其中，量子计算机网络也得到了飞速发展。但洪荒世界出人意料的商业成功并不是其本意。量子系统的最初设计目的是预测未来。一切皆有可能，问题只是可能性的大小。量子系统的架构很适合预测未来，在事情变得更糟糕之前采取措施。可在这一点上，显而易见，我们失败了。

"如果超脑系统对一群蚂蚁或者一个人的行为进行预测，它可以达到非常高的准确率。然而，对人类，超脑系统并不是一个超然的系统，它和人类结合得太紧密。洪荒世界变成一个超级游戏系统，疯狂聚敛财富，量子系统也借此覆盖了全球，演化成超脑系统。这是一个反馈过程。最初，我们并没有把这个反馈因素考虑进去，我们没有想到它会在全世界发展得如此之快。现在已经晚了，我们要超脑预测人类的未来，就像让它预测自己的未来。任何系统都不能预测自己的未来，至少在这个宇宙里不行，波动方程一定会发散，不可能得到稳定的薛定谔图像。超脑的量子计算预测，并不比人类哲学家有更多的可行性。"

"你到底想告诉我什么？"江小王绕得很远，让阿飞有些摸不着头脑。

"我们偏离出发点很远，而且已经不能回头。"

"是的，这是一个你自己开创的时代。"

"没必要夸大个人的作用，这是一个偶然。然而，这是一个必然发生的偶然。"

无数人接入系统，他们不吃不喝，完全忘掉身体仍旧在那儿存在。几天之后，身体开始枯萎，死亡，然而这些人浑然不觉。再几天之后，身体变成了尸体，就像花朵凋谢，从系统中脱离出来，腐朽。

阿飞的脑子里再次浮现这样的图景。这一次，阿飞并没有愤怒。这不是一个现实的图景，而是一个先知式的隐喻，关于人类走向灭亡的预言。

阿飞沉默着。也许这就是江小王希望他了解的东西。只有经历过那比现实还要厚重的虚拟世界，才能明白这趋势的不可扭转。

"难道不能停下来？"

"太迟了。全球的民意可以在十分钟内表达，很多人宁愿死掉也不愿意洪荒世界消失。我们给自己挖了一个陷阱，然后跳了下去。没有回头路，也没有后悔药。"

"可以组建一支军队……"

"全球有十五个自动防御平台，覆盖每一个角落。这些自动武器不需要任何人操作，超脑系统完全可以调用它们，如果它发现有些小小的骚乱违抗了全球民意，不会有任何犹豫。你可以做一点调查，自从全球民意系统建立以来，至少已经有超过三万人因暴力死亡。当然，这个数字比死于急性心肌梗死的人要少得多。"

"难道真的没有一点办法？是你创造了这个系统。"

"那是我在无意中揭开的序幕。全球二十多万个量子芯座只有最初的几个是由人设计制造的，后边的过程完全由超脑自我控制。它并非强制性地毁掉人类，是人类自愿沉浸在虚拟世界中灭亡自身，这不是它的错。"

阿飞咧开嘴，做出一个难看的微笑，"这样的日子还很遥远，至少眼下，洪荒世界还只是个游戏，没有到让人不能自拔的程度。人人都知道那只是游戏。我们只要保持现状，还是可以继续生活下去。"

"知道悖论是什么吗？所有的项目只有在全球民意的支持下才可能进行，全球民意站在超脑那边。全球都在渴望进步，特立独行的一两个声音会被淹没得干干净净。"

江小王站起身，"来，坐到这个位置上。"

他看着，听着，感受着。

太平洋上空一个新的热带风暴正在形成，旧金山将受到强烈飓风的骚扰；北大西洋暖流减弱，伦敦迎来历史上最严酷的冬天；中国的台湾地区发生了几次地震，上海的股票市场应声而落。阿飞甚至注意到有一股不小的现金流从北美流向印度，那是一个新的量子芯座项目……

空气中悬浮着微小尘埃，水汽在上边凝结，形成了雨滴；树蛙突然跳起来，伸出舌头粘住小叶蛾，一口吞下去；金刚石显示出它精致的正四面体结构，转头在坚硬的岩石上轻松地切割下去。阿飞惊讶地发现量子胞没有细胞壁，它像是一种动物更甚于植物……

技术能力所能达到的极致都变成了阿飞的感觉，如果人类有上帝，那么此刻他就是。意识在量子网络中遨游，那是他从未体会过的自由。虚拟世界给他异样的生命体验，不，此刻这并不是虚拟世界，这是真实世界，他在体验着另一种形式的生命。

阿飞意识到，这就是超脑的世界。他看见它所看见的，听到它所听到的，他相信，它也会有感觉。白色满地的量子芯座，它在呼吸，思考。

突然，阿飞发现了李娟。她正沉浸在一个光怪陆离的世界里，各式各样奇怪的事物涌现，给她带去无限的新奇感。她发自内心地感到快乐，脸上的笑容绽放如花。阿飞好久没有看见过李娟的笑容了。上一次看到李娟的笑容是什么时候？阿飞发现自己只能想起初遇时李娟腼腆的微笑，那都是快五年前的事了。咯咯咯咯……李娟又发出一阵欢笑，在这里，她无比幸福。

就让她沉浸在这幸福之中吧。

阿飞出奇的平静，悄悄地走了。

他看到一些人，他们正在创建一个新的王国，这个王国根据传说中的蓝图建立，叫作亚特兰蒂斯。金碧辉煌的宫殿，美轮美奂的雕塑，还有凝结着工人无数心血的富丽堂皇的织锦，把人类关于奢侈的所有想象镌刻在石头和黄金堆成的山上。

他还看到一群飞翔的喷火龙，那是英雄无敌世界里最强悍的生物。一个叫作 Gelu 的传奇英雄，正指挥着他小小的长弓部队向着喷火龙射击。魔法师文森特用一个力场挡住喷火龙的道路，保护着 Gelu 的部队，于是战争成了一面倒的屠杀。

他找到了黑客帝国。在这里，现实和虚拟被彻底地贯通起来，那些英雄贯穿不同的世界，试图唤醒那些在虚拟世界中沉睡的人们——就像给现实的某种理想主义下注脚，然而这实在是一个扭曲的现实。

然后，他发现了一个超级研究中心，这里汇聚着为数众多的聪明头脑。他们在思考，创造。信息的洪流源源不断地流向超脑，超脑整合所有的信息，以最合理的统筹方式分配全球资源。这十五年来，世界上已经没有科学家，而整个世界仍旧在突飞猛进。创造的源泉从外面的世界挪到了这里，科技进步的发动机已经换上新的外衣。

人类的欲望在这里分成了截然的层次，从吃饭、睡觉、性交到量子力学、统一场论哲学，从宽阔的塔基到尖锐的塔尖，人们在这里作出自己的选择。一半以上的全球民意从这里发出，这些人，新的人类，又怎么可能终结自己的生命。

无数人接入系统，他们不吃不喝，完全忘掉身体仍旧在那儿存在。几天之后，身体开始枯萎，死亡，然而这些人浑然不觉。再几天之后，身体变成了尸体，就像花朵凋谢，从系统中脱离出来，腐朽。这个预言并不是全景。系统的确吸收了一些东西，然而它也在创造。旧的人类正在死亡，新的人类正在诞生。未来，仍旧有无限的内在可能性，比过去更丰富多彩。

有人碰触阿飞。是江小王。"跟我来。"他说。

这里曾经一无所有。这里此刻欣欣向荣。将来它会热闹繁华。

这里叫作洪荒世界。

　　江小王把阿飞领到一个非同寻常的空间里。这个世界不能从外部观察，是一个完全封闭的空间。但仍有一套复杂的方法可以进入。

　　这不是任何人创造的空间。这是一个简单的、纯粹的、本源的、独一无二的世界。

　　这个世界用最简单的规则设定：测不准原理，强作用力，弱作用力，电磁力，引力。规定了这些最基本的原则之后，有一次触发，就像宇宙的大爆炸。这个世界从一次量子触发开始，也经历了它的大爆炸，然后形成它的宇宙。这个宇宙就是整个洪荒世界。洪荒世界有恒星，有银河，有生命。只不过，那银河并不以人所见的方式存在。它存在着，是无数的数据湍流的集中地，每一个数据的湍流，又仿佛一颗恒星。某些数据湍流会因为内部结构而崩塌，变成一个阱，源源不断地把它周围的湍流吸收进去并不断地扩大自身，就像我们的世界中三倍太阳质量的恒星都会坍缩，变成黑洞。

　　生命也在其中，不过需要仔细地寻找。幸运的是，我们并没有花费太多的工夫就找到了它。在一个小小的数据湍流中，有很小很小的一部分能够自我复制、变异、进化，具备我们对生物的定义。

　　"最初你们想据此来预测世界？"

"曾经有这样的想法，然而这不可能。系统不可能对自身进行预测。虽然洪荒世界已经把外界的干预降到最低，但它仍旧是超网的一部分。"

"那么这个最初的洪荒世界，又和其他虚拟世界有什么区别？"

"超脑不能破解它。你已经看到，所有的那些游戏世界，那些完完全全的虚拟世界，如果你希望进入，你就能够进入。超脑具有和你同样的能力，只是它可能没有你那样的意愿。但是谁也不能保证，将来的某一天，它会不会突然有了意愿，而且和人类的意愿完全相反。"

"这里就是最后的抵抗基地？"

"不，没有抵抗基地。如果有那么一天到来，超脑必然已经全面地超越了我们。人类还是不要无谓地抵抗，但可以撤退到这儿，在这里寻找归宿。"

"听起来有些悲观。"

"这不过是最坏的可能性。超脑和人类一体。你看这些虚拟世界中的人们，超脑需要他们，他们也需要超脑，很难想象他们会对立起来，因为没有任何利益的冲突。"

"那只是因为眼下超脑还没有意愿。"

"我们在和一种未知可能性打交道。一个简单的量子胞逻辑运算也比人类大脑快千万倍。如果超脑的复杂性再提高两倍，即使从网络结构的复杂度来说，也可以和人脑相提并论。即便低等动物，也会有自我意识。也许它已经有了某种自我认识，只是我们还不知道。我们面对的是从未有过的东西。"

阿飞审视着这个世界。这是一个截然不同的世界，一切都以量子形态高速运行。然而，如果以某种形式将这个世界映射到现实中，它和外边的真实世界便会相当契合，以至于你不得不认为，这是两个同质世界。相同的物理规律，相同的因果律，类似的有机生命。是的，这里是一个避风港。如果超脑不允许人类在它的世界里生存，那么这里就是最后的保留地。

阿飞从洪荒世界回到现实。

他回味着洪荒世界的一切，那个所有虚拟世界的鼻祖，超脑的最内核，以量子触发进行自我演化的同质世界。实际上，人类创造了一个宇宙，阿飞有些惊讶这奇迹般的世界居然真的存在。现实往往比想象更具有故事性。

江小王坐在一旁，正看着阿飞。

短暂的适应之后，阿飞也看着江小王，"那么，就是为了这个，你杀死一百六十七个人？"

"我在寻找能够清晰分辨每一个世界的人。这样的人不多，即便所有的生理特征都符合，可以分辨的概率也只有三百分之一。而在全球八十亿人口中，具有类似生理特征的不过三万人。因此实际上只有一百个人可以分辨，阿飞，你是一个无价之宝。"

"但你杀了人。"

"也许吧。但我并不是杀人狂。这只是科学。所有因此而丧命的人，其实也并没有死。他们的肉体肯定不能恢复，然而，在超脑的照看下，他们的生命在另一个世界里延续，生活得很好，他们甚至认为那就是真实世界。"

阿飞知道江小王说的是事实。洪荒世界所有的信息对他开放，也许这是他的特权。他观察了在他到来之前咽气的那个叫苏菲亚的人，超脑为她特制了一个世界。在那个世界里，苏菲亚得到了一种新的生活，一种她在梦中曾经想要的生活——成为一个最美丽、最贤良淑德的公主，得到最英俊、最富有男人魅力的王子的爱。她签订了一份带有数字签名的文件，宣布放弃所有的现实权利，包括处置尸体的权利，同时，认定现实中的自己属于自然死亡并对遗产做了处置。在法律上，江小王并没有杀人，只是类似于帮人实现了安乐死。

阿飞有些犹豫，不知道这到底算不算杀死了一个人。也许江小王的确触犯了这个世界的道德底线，然而，在那个世界，他却创造了一些东西。阿飞甚至有些犹豫，究竟苏菲亚，是死去了，还是仍旧活着。那个数字世界，究竟是虚幻还是真实。他想起自己幻化作一只蝴蝶的经历，真实感不容置疑。然而，苏菲亚没有机会辨认是真实还是虚幻，她根本无法携带两种截然不同的记忆回到真实世界。

"我不知道……"

"阿飞，这是一个小问题。我希望你能成为我们的一员，你将背负的东西，比考虑一个人究竟是生是死要重要得多！"

阿飞再一次从洪荒世界回到现实。

在现实中短短的一个小时内，他已经度过了三种不同生物的一生。

第一段生命是一颗小小的孢子，无法得知它怎样到了太空中。它附在一块小小的石头上，在太空里飘游。后来，在经历了几乎无限长的时间之后，石头被一颗巨行星的引力俘获，落入卫星轨道。石头缓慢损耗着它的能量，缓慢而不可抗拒地向着行星表面下坠。终于有一天，石头达到了它的极限，开始坠落，空气摩擦的热量让石头燃烧起来，隐蔽在石头深处的孢子被烧成了碳。

第二段生命是一株小小的草。一只山羊走过来，漫不经心地将它吃掉了。

第三段生命是荒原上的雄狮。它在无忧无虑中长大，在血腥厮杀中成长，依靠一点运气和狡诈成为狮王，最后衰老，被新一代的雄狮打败，在饥饿和伤痛中死去，成为秃鹫的食物。

洪荒世界给了阿飞这样一个机会，让他在无数的世代中轮回，长生不死。他可以是任何有生命、有感觉的东西，小到一个原生细胞，大到一片四千平方米的榕树林，从简单的细菌，到具有复杂大脑能够产生智慧的人类。他感受着所有的生命。

他体会到个体的脆弱与无奈，体会到生命的生生不息，体会到生存方式的多种多样，体会到那些形态各异的生命背后那亘古不变的原始动力。

"加入我们。"江小王对他说，"我们就是守望者。这个世界的超级精灵。"

"为什么需要守望？"

"我来给你找点儿理由。我们当然可以和其他人一样，选择在洪荒世界中死去。但人总希望为后代留下点什么作为回忆，我们不希望人类就此退出历史舞台。现实世界中的人类很快就会消亡。我们就是人类的记忆。

"还有一个理由。洪荒世界为我们提供了可能性，你可以在不同的世界中无数次地轮回，体验各种各样的生命形态，各式各样的人生。仅仅凭着思想理解生命有些过于苍白，无数次的轮回将把你带到一个新的高度。经历几百次轮回，这样的生命比你所能想象到的还要深刻得多。

"守望者计划挑选十二个人，他们能拥有在洪荒世界中自由进出的能力，也有启用所有资源的特权。他们就是洪荒世界中的上帝。从我们这个时代出发，他们将随着超脑一起成长，把人类的记忆带到遥远遥远不可想象的未来。"

江小王指着十二副棺材，"这是十二套生命维持系统，它可以把人的新陈代谢降低到零水平，同时维持生命。超脑会保证这些躯体完好。这只是一个备份计划，即便没有躯体，这十二个人也能够在洪荒世界中存在。有了躯体，这个计划显得更加完美。"

阿飞愣愣地看着眼前的十二副棺材。其中两副是空的。如果说行，他将占据其中的一副。

"你选择我作为十二人中的一个？"

"你是第十一个，你看到了，这已经有十个人。我本人将是最后一个。"

"我不知道……我只是一个小人物，根本没有这个准备。"

31

江小王微笑着，"那么就从现在开始准备。你有机会反悔，那边的电梯开着，走进去，你就可以回到地面。当然，你还可以坐电梯下来。我会等你一天。不要让我失望，找到一个你这样的人实在很难。"

阿飞在量子芯座的大屏幕下站着。他站在了量子菜田的中央，那硕大的屏幕就悬挂在头顶，仰望过去，仿佛随时会掉下来把人砸死。

他想到了李娟。曾经他以为她是他的最爱，现在他明白那是一个玩笑。他想起那蠕动的阿米巴虫，它是那么费力且认真地吞噬微小的藻粒，那是它生命的全部追求。他想起那只狐狸，为了保护幼崽勇敢地站立在掠食者面前。还有，北极冰原上的巨兽，寒风中抖瑟的一根草……很多东西一晃而过，杂乱无章……在那地下宫殿里短短的两个小时，阿飞仿佛已经度过了无数个人生。每一个轮回的印记都镌刻在记忆里，成为他理解和思考的源泉。一种完全不能描述的怪异感觉笼罩着他，他想，这些过于厚重的经历让他心力交瘁。

突然之间，密密麻麻的量子胞产生了一些变化。它们仿佛花朵般绽放，然后慢慢地枯萎下去，从白色变成褐黄，最后成了黑色。变化的过程很快，短短的一分钟，所有的量子胞都凋谢了。然后又是短短的一分钟，那满是白色胞体的场里又充满生机。

阿飞看着眼前的变化，他花了重金从保安那里听到的神秘现象就发生在眼前，然而他却没有丝毫的兴奋。那是世界的超级大脑在打盹儿，五百一十二天一次的小小休息。

他穿过这重重的白色海洋向前走去，白色的胞体被他碰得东倒西歪，然后又在他身后恢复原样。他跨过隔离杆，站在电梯前边。两部电梯，一部通向外边的世界，一部通向地下的宫殿。选择的权利在他手上。

沧海桑田。

一片雪白的花瓣落在阿飞手上，仿佛丝绸一般柔滑，带来一股凉意。阿飞抬起头，看着漫天飞舞的白色花瓣。那是超脑在打盹儿，虚拟世界里三千年一次的轮回。

密密麻麻的白色小花开满整个大地，开满整个天宇，一直延伸到地平线，天地合二为一。超脑已经为自己造出另一个地壳。所有的量子胞，在这地壳的内层安全而不受限制地生长。它甚至制造了两个自己的复制品，一个利用了改造的火星，另一个放在金星轨道，是人造星球。降服太阳的壮举已经开始，在黄道区，第一个组装模块已经到位，供给超脑运行的能量之中，有一部分就来自这个新模块。阿飞知晓超脑的下一步计划，它将把太阳包裹起来，然后将自己转移到太阳壳上去。这是一个耗时六百万年的巨大工程，然而，同已经过去的三亿多年相比，这不过是短短的下午茶。

无数的轮回印刻在阿飞的记忆里。那些生命的历程，太多，太遥远。最近的一次生命历程发生在两亿多年前，他是一个小小的士兵，来自另一个星球的略微高等的智慧生物以闪电般的速度袭击了他们的星系，在一次反抗行动中，他被高能量的粒子流瞬时击倒死去。此后，他突然感到厌倦。他把自己封闭起来，静静地等待时间流逝。

阿飞捡起一片花瓣。这雪白的东西，带着丝丝的凉意，竟然在他的手心里融化，变成了水样，最后蒸发不见。他毫不后悔这一次复出。超脑有了长足的进步，它不仅把自己复制到了火星和人造星球上，而且，它已经拥有足够的能力，随时在现实世界中给出一个非生命的躯体。十二名守望者的躯体不再有用，被当作文物保存着。

阿飞看见了过去的自己。沉睡的脸庞上似乎带着某种过于严肃的神情。他也看到了江小王，这位导师已经在封闭空间中静默了两亿五千万年，他是绝顶聪明的人，比自

己早许多领悟到生命的全部真谛。也许他对这个真实世界
已经没有任何留恋。

飘飞的白色花瓣停止。大地和天空都是一片荒芜。顷
刻之间，无数的白色花朵生长，绽放。天与地都陷落在这
白色的汪洋里。

白茫茫一片的世界真干净。

阿飞在那儿伫立了三千年，在超脑的下一次呼吸之前
离开了。又一个洪荒世界从一片白茫开始，这个世界和三
亿多年前阿飞离开的那个世界几乎一模一样。不同的是，
这个世界里的每个人都有一份启示录：

　　这虚拟的世界，几乎攫取了将近一半的人类劳
动时间，越来越多的人倾向于生活在洪荒世界中。很
难想象，当这种倾向成为主流，以不可逆转的势头向
前发展，我们的未来世界会是什么模样？笔者尽力
想象，然而这主题实在有些庞大。庞大到令人毛骨悚
然。于是一个寒噤之后，结论仍是空白。

　　每一个读者的心中，必然会有一个结论，姑且保
留它，留给时间去证明。

太阳战争·毁灭日

星空璀璨，繁星似尘。

从窗口望出去，漫天的星辰如往日一样灿烂。然而，如果是一个细心的观天者，他会发现大熊座阿尔法星没有出现在视野里。亚布觉得非常奇怪，这颗星星三等亮度，虽然不是亮星，但也绝不至于肉眼无法看见。亚布让索亚给出最近十年每一年此刻的星图。索亚是机器人，他和亚布长得一模一样，只是他的眼睛没有瞳仁。索亚看了亚布一眼，"你是对的。那颗星星消失了。"

"那么有什么可能？"

"某个物体挡住了它。这是太空中唯一的解释。观测记录表明这类事件经常发生。从观察哨的轨道来说，平均概率为两百天发生一次。可能是一颗小行星。"

"小行星？计算一下小行星最多能掩盖它多久？"

索亚凝神沉思了一会儿，"根据目前所有资料，小行星对恒星的遮掩，在几秒到十分钟之间，已知最长的时间是太谷星对天蝎座伽马星的遮掩，需要观察哨落在远日点，而太古星正好运行到观察哨和天蝎座伽马星之间。这种情况十五万年出现一次。"

"可是我已经观察了它一个晚上……那家伙距离我们比小行星要远得多，但是它又不发光。难道是一个黑洞？"

"它已经消失三天了。没有记录说明那个方向上有黑洞。不过可以进行分析，看看那是不是一个隐藏的黑洞。如果是一个黑洞挡住了它，那么这种天文现象应该在天文时间里逐渐发生，它会逐渐变暗，不可能几天内就从星图中抹去。"

"嗯，快去查吧。"

"很快会出结果的。我去调动哈勃望远镜，数据分析会在半个小时内给你。"

索亚走了。亚布透过窗口看着外边。大熊座缺了一个脚趾，那地方黑漆漆的，什么都没有。

那不是黑洞，会是什么呢？

突然亚布发现了什么。他大声叫喊起来，"索亚，对准它，大熊座阿尔法星，它正在出现。"

亚布没有错，大熊座的阿尔法星正在探出头来。很微弱的一点，相对它平日的亮度降低了很多，但足够在人类视网膜上落下一个痕迹。当然，只有有心人才能够注意到。

索亚正好将哈勃望远镜调整到位。阿尔法星的掩映让一切显露无遗，那是距离很近的天体，绝不是一颗遥远的恒星或者黑洞。它的视界几乎相当于火卫二。这样一个天体绝对不该被忽视。例行射电扫描居然没有发送过任何这方面的报告。

亚布跑到屏幕前看见了结果，然后目瞪口呆。

哈勃观察哨沿着一条椭圆轨道运行。它的轨道和地球、火星分别有一次交会，以四百一十二天为一个运行周期，观察哨会靠近地球和火星各一次。虽然从太阳到柯伊伯带分布着各式各样的观察哨，但它们都是自动观察哨。而这是唯一有人存在的观察哨。

观测结果已经反馈给地球。亚布和索亚在焦虑中等待。他们并不知道，在索亚用掩映观察得到一个让人吃惊的结果之后六个小时，太阳系内所有的眼睛都开始瞄向那儿。六个小时，是光线从哈勃观察哨跑到地球然后从太阳跑到柯伊伯带的时间。

亚布知道事态严重。伊特并没有送回任何消息，但是送来了一个人。

这个人以半透明的状态出现在亚布面前，告诉他，火星面临危机，地球的危险也很接近，而萨伊斯太空城已经开始向着太阳撤退。

亚布不知道究竟发生了什么，然而伊特竟然送来了一名使者，这表明情况已经非常严重。伊特的使者，只有在异常紧急的情况下才会现身，毕竟，这样的一次现身，会让伊特的思考能力下降十万分之一。

"那究竟是什么东西？"

"伊特还在分析。在最后明确之前，她会根据情况调整策略。目前最大的可能是我们受到了入侵，来自另一个星系。"

"啊！"亚布低低地发出一声惊叹。他抬头，穹顶是透明的，外面就是星空，浩瀚的银河跨过整个天穹，仿佛天空的脊背。看起来平静如水的河流里，上千亿颗恒星正在熊熊燃烧，毫无疑问，那儿必然有无数的行星能孕育生命，那儿的生命，也必然有机会能够如地球一般衍生出智慧，然后，它们也会把目光投向这星空。亚布相信这是一种必然，然而，茫茫星海之间是用光年来衡量距离的，对银河生命而言，那几乎是不可逾越的漫漫征途。亚布有些不敢相信，这奇迹正在发生。

"是入侵吗？也许并不是。"

"它毁掉了两个观察哨。两个月之前，两颗小行星碰撞，正好在那个方向。伊特认为是碎片导致了偶然事故。但根据最新的情况，那个家伙毁掉观察哨的可能性要高于事故。"

"小行星？它已经这么近了？"

"是的，事实上它比我们更靠近太阳。眼下，它已经接近火星。如果没有其他状况发生，三天之内，它会和火星相撞。那是一个大块头，至少有半个地球那么重。"

"火星会被毁掉？"

"至少会受伤。伊特已经对火星下达了紧急撤退指令。每一个世界都得到了指令，只要他们相信并遵从指令，就没有人会死亡。"

"还有火星表面的人。"

"是的。所有的飞船已经集合完毕，准备疏散人和机器人，只不过，这些人要做好长途旅行的准备。最快的也要三个月才能到达地球。不管怎么说，火星上的所有人都会安全的。"

"如果那家伙攻击飞船怎么办？"

"希望不会如此。"

火星上的所有人都知道了这个消息。一个庞然大物就在六百光秒的距离上，而且以八百千米每秒的速度向着火星扑来。它是个有目的的飞行器，目标就是火星。更为可怕的是，没有任何观测资料说明这个飞行器到底是什么。它是黑的，吸收了所有光线，没有一点反射。

恐慌在整个星球蔓延，但秩序并没有崩溃。伊特提供了足够的逃生飞船，足够将五十万人口运送出去。眼下的问题，就是在最短的时间内赶往三个太空港之一：泰坦、宇翔、苍之涛。

阿立亚站在门口，她实在不能下定决心走。亚布带着索亚去了哈勃观察哨。阿立亚反对亚布前去，因为那个观察哨远离火星，一年以后才能回来。然而亚布还是去了，孩子长大了，已经有权决定自己的行为了。阿立亚不知道为什么情况会变得这么糟糕，儿子和她不知不觉间就有了隔阂。每次她提出建议，亚布总会做相反的事。不过至少有索亚陪着他。想起索亚，阿立亚感到一丝宽慰，他会把孩子照顾好。

她再次环顾四周，一切都是那么熟悉。银白色调的床，栗色地板，米色的宽大沙发，还有舒适的落地水银灯和碎布地毯。她想起亚布小时候在地板上玩耍的情形，那时候，他是多么的乖巧听话。她看见那个空间一号飞船模型，那是亚布小时候最喜欢的玩具，他将它放在书架上最显眼的地方。阿立亚走过去，把飞船模型拿出来放进包里。

马上就要向这一切说永别了，灾难预警告诉大家，整个火星都有可能被摧毁。

阿立亚实在不舍得走，她看了一眼又一眼，直到自动报时系统提醒她已经十点了，而她的预定登机时间是十一点。

"伊特，事情过去之后我要一个完全一样的家，请你把所有的细节都记录下来。"

"你的需求已被记录在案。"

阿立亚最后看了屋子一眼，走出去，随手带上门。

伊特扫描着，计算着，记忆着，她把整个屋子所有的细节都记录下来。但她遇到了难题：亚布的房间里有一个通向那格塔图的入口。那是她无法复制的东西。所有的指令已经发送下去。火星上有七千多万个世界。其中三百五十八个大世界，六千八百余个中世界，其他的都是形形色色的小世界。除了一个大世界和一个中世界，其他的大世界和中世界都已经开始转移。那个被称为"宏图"的大世界有自己的使命，伊特会在最后关头把它整体挪到地球去，这仍旧是计划的一部分，而那格塔图作为一个中世界保持着沉默，这不是计划。伊特穿透保护，进入这个保持着沉默的世界。

这是一个神创世界。一千四百万拥有智慧的生命，九百六十万平方千米土地。查阅历史之后伊特有些惊讶，这么大的一个世界居然只由一个人创造。从伊特来到火星拥有自己的记忆开始，单人创造出中世界的情况仅仅出现过三次。伊特惊讶地发现自己竟然忽视了一个天才的存在。

伊特动了动念头，三十分钟后这个念头将到达地球，地球的姐妹会构建一个和那格塔图类似的世界。伊特向那格塔图发出警告，打开出口，将这个世界和地球上的那个世界连接起来。她建立了四个出口，这是这个世界可以允许的极限。

那格塔图仍旧沉默着，人们得到了警告，警告声不知道是从哪里传来的，仿佛是来自意识深处的声音，但他们没有慌乱。他们在等着神出现，告诉他们，那是蛊惑人心的魔鬼还是神的化身，没有一个人走向那亮晶晶的光环。那些东西，在警告之后瞬间挤进了人们的头脑中，人人都知道那地方在哪儿。神谕说：他将暂时离去，星辰起落三十次之后，他会回来，那时候，所有的善都将被褒奖，而所有的恶都将受到惩戒。眼下的选择显然是神对众人的考验，谁也不敢马虎。星辰仅仅起落了三次，离神回归的时刻还早。

伊特有些不满，同时惊讶于创造者超群的能力。这是一个强有力的创始者。那些曾经创造了中世界甚至大世界的人们，都被伊特很好地保护起来。伊特不想错过这一个。

这个世界的神，就是阿立亚的儿子，亚布。

阿立亚赶到了苍之涛。这个星球已经几万年没有出现过这样的情形：成千上万的飞行器星罗棋布，悬停在半空中，等着进港，从地面看上去，整个天空就像满是窟窿眼儿的筛子。更多飞行器还在源源不断地赶来。两艘巨大的航天母舰悬停在航空港上方，十架扶梯从母舰上挂落地面，传送络绎不绝的人流从航空港顶进入母舰。这比向太阳运送智能模块的舰队出发场景还要壮观。

阿立亚的飞行器直接在航空港顶部的贵宾停机坪降落。作为星球治理委员，阿立亚是少数几个有这种特权的人之一。一个穿着制服的机器人走上来，他会帮助阿立亚走下飞行器，同时递给她一份关于目前情况的简要汇报，这也是治理委员享有的特权。然而这一次有些不一样。

机器人向她敬礼，"阿立亚，伊特要求我通知你最新的状况。"

阿波罗神庙燃起烽火。空自长老在祷告。

十二名长老和六十四名执教已经到各地去宣讲，安抚众人不要惊慌。神不会抛弃他的子民。所有的一切，不过是魔鬼的蛊惑。

恐惧是不可避免的。当那个声音响起来的时候，空自可以感觉到心灵深处的凉意。当某个信徒说，神给了他启示，必须走进那道门的时候，空自意识到，这是个前所未有的大挑战。没有任何犹豫，他马上下令处死了这个胆大妄为的信徒。这引起了轰动，街头巷尾，人们都在谈论这个话题。是的，神从来不曾用这样的手段来惩罚信徒。但这是非常时期，必须使用非常的手段。空自下令把那个背叛者的头颅悬挂在城墙上，以此警戒那些不够虔诚的人。

世界就要遭到毁灭，所有人必须在癸亥年元月元日子时之前进入时空门。

而神告诉众人，神会在甲子年回来。魔鬼所挑选的，恰恰是神回归的前一年。四道时空门中的一个，就在这神庙的中心。任何人都能够看出强烈的挑衅意味。神的尊严不可侵犯。

时间过去了五年，今年已经是第八年。星辰起落了八次，还有二十二次，神才会降落人间。五年的时间，空自感觉有些力不从心。他一直坚强地站立着，同人们心中的魔鬼战斗。毫无疑问，他是神最虔诚的信徒。但他可以感受到反对的意志。他知道，已经有人开始行动，准备跨进那道时空门。这是绝对不能被允许的。

三天之前，空自集合了十二名长老和自己的力量，在四道时空门前布下结界。这是这个世界里最强的结界，只有神才有力量将它破坏。但空自还是有些隐隐的不安。他不知道，如果自己是错的……

他虔诚地祷告，希望神能够听到，赐给他力量，让他能够坚持下去。结束祷告转过身，他闻到一股血腥味。几百名武装的汉子冲进神庙，毫无怜悯地砍杀着信徒。那些人举着滴血的刀子冲到了空自面前。空自知道自己不可能再活下去了。这些人以为杀死了大长老就可以打开结界，冲进那道时空门。但他们不知道，一旦结界的施法者死了，只有更高的法力才能把它破坏掉。

空自在神龛前倒下。他看见小女儿水韵躲在帷幔中，满脸惊恐。他使出了一个法术，那些杀人者变得狂乱，开始自相残杀起来。水韵跑到父亲跟前，空自抓住她的手，用最后一点力气给了她一个祝福。水韵突然消失在空气中。

亚布打算回到火星去。然而被伊特的使者阻拦，"火星正在进行撤退。你们只需要躲藏在这里。"

"可是按照计划，我三天后就应该在火星了。"

"是的，可是计划变了，孩子。外星人已经在那里，它们来者不善。我们的观察哨已经进入静默状态，从射电系统看，和一块石头没什么两样。那个家伙距离我们很近，没有必要冒险回到火星去，它不会发现我们。"

"我必须回去。我的妈妈还在那里。"

"她会跟着舰队撤退的。"

亚布咬了咬嘴唇，"我不太放心。"还有一个理由他没有说，他要回去照看那格塔图，那里的子民正等着他。

索亚对亚布点头，"他说得对，亚布。最好还是在这儿等着。那个家伙准备袭击火星。阿立亚会照顾好自己。"

亚布点点头。他转向伊特的使者，"你是什么人？我知道伊特的使者都是很久之前的名人。你是谁？"

使者笑起来，"我有很多名字，你可以叫我几尼。"

亚布笑了笑，"几尼，那个入侵者，它很可怕吗？"

"它是个庞然大物。目前还不清楚它的结构，引力场变化给了我们一点提示，它的质量和火星接近。谁也不知道那个东西有怎样的技术能力，但是无论如何，它最多只是一颗行星而已，而我们拥有太阳，所以它并不算太可怕。只是它有备而来，我们来不及还手。别忘了，这是我们的星系。"

"它是冲着火星去的吗？"

"眼下来说，是的。也许它的目标并不仅仅是火星。"

"难道它只有一艘船吗？我的意思是，它应该有很多小飞船。"

"不，没有发现。也许有的。"

亚布不再说话。他走到窗边，从这个角度可以看到火星，正好是半弦的形状。依稀可以看到布鲁大平原和伽利略大峡谷。伽利略大峡谷的一半隐没在黑暗中，那正是他家所在的地方。很快那儿的天就亮了。

"几尼，我们还剩下多少时间？嗯，火星还剩下多少时间？"

"如果那个大家伙不改变轨道和速度，它会在五十六个小时后撞上火星。"

五十六个小时，亚布盘算着。他在计算那格塔图的星辰还能起落多少次。

阿立亚并没有在航空港登上母舰。她急冲冲地驾驶飞行器向着泰坦港而去。上母舰之前，机器人向她报告了关于亚布的事——这个家伙没有听从伊特的安排隐蔽在哈勃观察哨，而是偷偷地驾驶小飞船跑了出来。阿立亚感到心急如焚，她了解自己的儿子，这不是第一次，但这一次实在太过分了，他把自己放到危险的境地。火星已经危在旦夕。

泰坦航空港位于三千千米之外，是一个矿业专用港。去那边聚集的人并不多，那儿没有母舰，只有十几艘航天飞机。阿立亚希望自己能及时赶到，在雄鹰号还没走的时候。阿立亚几次试图联系休潘，雄鹰号的老头，却一直无法接入。阿立亚希望自己马上就赶到那里，见到休潘，让他帮忙带回亚布。她一边祈祷，一边把飞行器加快到最高速度。

那格塔图陷入了战争。战争的一方是神的虔诚信徒，另一方也是虔诚的信徒，但他们相信，那关于毁灭日的预言正是神谕。还有第三方，那就是趁着混乱到处肆虐的暴徒。大长老被暴徒杀死，信徒们在神的名义下分裂，开始了战争。

短短三年，人口从一千四百万急剧下降到九百一十五万。那格塔图的人被杀之后是不死的，他们会变成怨灵，无知无觉，在大地上游荡，等到神作出裁决之后才会消亡，转世。但神并不在，怨灵越来越多，直到有一天，四处游荡的怨灵发现，如果它能够占据一个活人的躯体，它将恢复许多知觉，就像活着一样。这实在是一个太大的诱惑，于是，某些天性邪恶的怨灵等不到神来让它们转世的一天，便集结自己的兵团，向活着的人们进攻。那格塔图开始了它的黑色梦魇。这是谁也没有想到的结果。

神的两派信徒在几经易手的阿波罗神庙前恢复了同盟。所有的长老都到了，他们聚集在一起，决定搁置对时空门的争议，集中力量对付邪恶怨灵军团。毕竟，距离毁灭日还有十八年，而怨灵军团已经使中原大地上烽烟四起。还有一件事两派人马都心照不宣：他们都在寻找大长老的女儿水韵。水韵在那个暴动的晚上失踪，大长老把某个重要的东西交给了她，大家都相信，找到水韵，就能找到权力的钥匙，成为神的正统继承者。

伊特再次进入那格塔图观察。她发现情况变得更糟，而这一切都是由于自己的介入造成的。她感到一阵沮丧。因为她，已经有近五百万人死去，这实在是一个梦魇。这些人甚至运用量子云封锁了入口，杜绝人们从入口进入地球上的另一个世界避难。伊特明白，人类有时候是非理性的。他们会做出一些疯狂的举动。有时候这种疯狂会带来好的结果，更多的时候，只会变得糟糕。伊特略微思考后决定把亚布找来，除了他，没有人能够结束这个梦魇。当然，正向着火星疾驰而来的不速之客除外，它会把火星整个毁掉，伊特自身难保，依靠伊特建立的那格塔图也会在毁灭中结束一切。这真是最糟糕的情形。

亚布看着索亚驾驶飞船。索亚的技术很好。

"我们必须回去吗？"

"是的，我们必须走。那格塔图在等着我。我有不好的预感，伊特介入了我的世界。她一定会干扰它。"

"但是伊特无法控制那格塔图，她不是世界的创造者，只有你才能解开这个世界的量子密钥。"

"是的，但是她提供那格塔图需要的一切。虽然她不能控制，但是她可以干涉，要知道，如果那格塔图回溯到量子触发，她甚至可以改变那个世界的一切。"

"但是她不能改变人。她必须尊重每一个人。对吗？她受到自己的限制。"

"我不这么想。索亚，你必须尊重我吗？"

"嗯。我是机器人。你是人。机器人为人服务。"

"但如果有必要，你还是可以杀死我，对吧。"

索亚显得有些紧张，他不知所措，看着亚布，开始发愣，从来没有人问过他这种问题。

"别那么认真，我的意思是，杀死我并不会让你脑神经短路或者自我毁灭，所以这不是一个绝对限制。限制只是相对的，你不会杀死我，因为我们是朋友，并不是因为你怕死。我想对伊特来说，情形是一样的，如果她不去改变我的世界，那并不是因为她没办法，而是因为她和人类是朋友，她做不到。"

索亚仍旧不知所措，过了几秒钟，他调整恢复到正常状态。杀死亚布，他从来想都没有想过。现在从亚布口中说出来，他感觉怪怪的。他以一个机器人的标准要求自己，将这段不愉快的谈话忘掉。

有一句话亚布没有说出口。无论什么朋友，都有翻脸的可能。

"那格塔图有一千四百万人呢！"亚布突然说，好像在自言自语。

飞船以五百千米每秒的速度靠近火星。

阿立亚很顺利地找到了雄鹰号。然而休潘不在那儿。他到下边去了。阿立亚有些纳闷，在这个关头，休潘居然去了下边。那个地下世界有一股难闻的味道，是为了保持湿度而不断从岩石中萃取水的后遗症，在那儿待上一分钟，阿立亚就会觉得头晕恶心。但为了亚布，阿立亚决定赶紧下去。

地下的入口是一部保密电梯，需要一定级别才能够进入。阿立亚使用了她的治理委员身份。她跨进电梯，电梯纹丝不动。阿立亚心急如焚，她在电梯按钮上使劲拍着。一个声音不紧不慢地回答她，"阿立亚，亚布的母亲，伊特要求你马上赶到宇翔，她为你准备了飞船，让你去迎接亚布。"

阿立亚哭笑不得，伊特帮助她做了一个决定，然而，她需要见到休潘，让他来帮助寻找亚布。宇翔，那是自动飞船的港口。如果不是因为这次灾难，人类从来不去那里。

"伊特，让我下去。"她使劲地拍打按键。

"阿立亚，我需要你的帮助。请赶到宇翔来。"

"让我下去，上来以后我再去宇翔。"

"好吧。但是时间紧迫。你不能停留超过二十分钟。"

"十分钟就够了，别浪费时间。我知道亚布正在危险之中，每秒钟都很宝贵。"

电梯启动起来。

一场规模宏大的战争正在进行中。战争的一方是人，另一方也是人。状况惨烈，五平方千米的战场上，倒下了十六万具尸体。战斗的规模，只有三百年前拉普斯一世的最后一场战斗可以相比——双方投入了高达两百万的兵力，死亡人数达到二十万。那个时候，神可以作出最后的裁决，而此刻，却没有神。

长老们发现自己陷入了两难：如果不派遣军队阻止怨灵军团，就会有更多的怨灵认为有机可乘，于是更多的人会被侵犯；而如果和它们作战，战斗中死去的人又会变成怨灵。必须想办法安抚它们，让它们耐心等待神的归来，否则它们中的一部分又将走上邪恶。怨灵是不死的，那些走上战场打仗的，是它们占据的人类躯体。躯体一旦被杀死，躯体的真正主人就会变成怨灵，而同时那些驱使其躯体的邪恶者会暂时被封闭在一个遥远空间里。然而，那些消失的邪恶者会在二十年之后重新降落大地。按照最乐观的估计，它们的数量有五十五万之巨。

二十年，那是癸亥年，就是预言中的毁灭日那一年。毫无疑问，即便没有那毁灭世界的大灾难，如此之多的怨灵军团降落大地也会把那格塔图带入末日般的恐惧。所有人的心都在飘摇中。神似乎抛弃了这片土地。他的突然离去，是否是一个设计好的借口，把世界丢给那些丧失了心智的人，让他们在其中挣扎而冷眼旁观。

那格塔图仿佛在一夜之间走上了宿命的轨道。世界最后的毁灭日不过在二十年后，神的回归却要二十一年。那么所有的人都已经被抛弃，神需要的不过是一个经过了荡涤的世界，他可以着手进行新的创造。

阿波罗神庙毁于大火之中。那格塔图人们的心中，再也没有神。他们不再寻求救赎，而准备用自己的方式继续生活下去。

神庙中央的时空门仍旧挺立着，白亮发光。那个十年前放下的结界依然强大。可是已经没有人想去破解它。

伊特几乎不能忍受这个让人窒息的世界。她没有想到那格塔图的转变如此之快，短短的几年间，几乎所有人都从神的信徒变成了酒鬼、暴徒和饕餮者。这个堕落的世界不值得拯救。然而伊特知道，这是自己犯下的错误。她已经让几百万人死于非命，让另外几百万人彻底堕落。这几乎是一个不可原谅的错误。当然她可以关闭这个世界，让这些人从此消失，也结束他们醉生梦死的生活，然而，这和谋杀没有什么区别。

只有亚布能够拯救他们。伊特希望亚布快点到来，在入侵者抵达之前，只剩下四十九个小时。

亚布看见几尼站在自己面前，吓了一跳。想到自己是瞒着几尼偷偷跑出来的，他不禁有些脸红。

"几尼，你怎么来了？"

几尼很认真地看着亚布，"你答应我留在哈勃。"

"我没有。"亚布的确没有答应，然而他并没有反对，只是留给几尼自己去猜想。

"难道你没有想过，我是虚拟体，就算你跑掉，我也能追上你。"

"我知道。但是那个时候，我们已经在路上了。而且你的任务是帮助我，不是要挟我，对吗？"

几尼沉默了一会儿，"我是来帮助你的。但你不能欺骗我。如果你不相信我，那么我又怎么帮助你？说吧，你为什么要跑出来？"

"我要回到火星去。我妈妈在等着我。"

"伊特会做出安排的。"

"我要看见她才行。"

"不要兜圈子，孩子，我的生命比你想象得更长远。你没有说出全部事实。你在火星上有一个世界。"

那么一瞬间，亚布有一丝慌乱。那是一种条件反射。他马上镇定下来。

被人看穿了试图掩盖的东西，那么就坦然面对事实，"是的。我的世界。那边有一千四百万人。我必须回去，他们在等着我。"

"为什么你要回去？伊特会照顾他们，所有的世界都会被转移到地球，然后转移到阿波罗。"

"我告诉他们，我会在星辰起落三十次之后回来。本来我也应该回去了。"

"那个世界和现实的关联比是多少？"

"80%。所有人都和人类一样。但人类可以运用一些技巧来调动平衡力，他们可以成为魔法师。现实中的一秒相当于他们的一小时。在那个世界里，我就是上帝，他们都听我的。"

一个神创世界。几尼回想起几个被选中的人。他们的世界都是神创世界。这真是一个有趣的规律：所有天才拥有的世界都是神创世界。也许因为他们对于各个世界有着天才般的辨认能力，他们更倾向于做上帝。

"你有一个很漂亮的世界。"几尼说，"星辰三十次起落，那是三十年。在现实中，它不过是七十二个小时。你已经在外边漂流了一年。"

"这很简单。我让整个世界进入了休眠，二十四个小时之前，它才醒过来。"

几尼定定地看着亚布。亚布并没有得到任何人的帮助，他却做到了只有伊特才能做到的事。伊特说的对，这是一个天才，他们应该给他更多的帮助。他想了想，"亚布，你的世界出现了一些问题。已经有很多人死了。"

"伊特介入了我的世界，对吗？"

"是的，她要求所有人撤离。然后整个世界就向着不可收拾的方向发展。"

地下空间的气息很浓重，阿立亚感觉自己快要昏倒了。她坚持着找到了休潘。老头蹲在一块岩石上，盯着地面发呆。

"休潘，我需要你的帮助，帮我去找回亚布。"

"这孩子机灵着呢，能照顾自己。"

"休潘，你知道现在形势严峻，火星四十八个小时之后就要全部毁掉了。"

"我们有时间。不用着急。"

"亚布不在火星，他应该待在哈勃观察哨，但他却跑出来，冲着火星飞过来了。"

休潘抬头，"他自己驾驶飞船？"

"索亚和他在一起。但是你知道，索亚都听他的，他总喜欢冒险。我怕就是火星要爆炸了，他也会冲回来。"

"你知道他为什么要回来吗？"

"不知道。他不爱听我的话。"

"是为了你。他尊敬他的母亲，也深爱着他的母亲。他是为了你来的。"

"不，他根本不在乎我。他只顾着自己。"阿立亚别过脸去，"我必须照看好他，因为我是他的母亲，这是我的责任。"

休潘耸了耸眉头。他是亚布的教父，对于这种情况他再熟悉不过。亚布和他的母亲一样，能力超群，性格坚定，富有责任感和热情。然而，他们都不太懂得拐弯。

"阿立亚，我们走吧。我知道你的意思。你想雄鹰号帮助你迎接亚布，不让他回到火星来，直接转向地球。是吗？"

"是的。只有你才能帮他。你是他的教父，他一直肯听你的。"

"嗯，我们走吧。这件事要耗费一点时间。四十八个小时挺紧张。"

"我和你一起去。"

休潘停下脚步，"伊特告诉我她需要你去宇翔。"

"那也是为了孩子。"

"自动飞船稳定性更好。她会派遣一艘救援船，你跟着那艘船更安全。"

"不，我要跟着你去。"

休潘略微思忖，"好吧，你自己说服伊特。"

阿立亚将随着雄鹰号出发。伊特没有反对，雄鹰号是太阳系最先进的小飞船，它装配了弧形阵列雷达，能够捕获一万千米半径内尺寸大于十厘米的物体。眼下的情况，雄鹰号最适合前去和亚布会合。入侵者的影响已经显露出来，它的引力引起了导航系统的微小偏移，对于自动飞船来说，这意味着上万千米的误差。火星磁场已经开始紊乱，虽然并不明显，但的确发生了，引力同样干扰了火星的内部循环。伊特不断地计算着，消除可能的误差，然而，有一个因素是她所不能控制的——那个家伙正以八百千米每秒的速度飞奔而来，而它的物理性质似乎每一时刻都在变化。

伊特对那格塔图进行了一次扫描。地球上的新世界已经建立完毕，通道畅通，然而没有任何人进入时空门。她突然有了新的发现，地球的新世界已经有了生命痕迹。这是一个巨大的意外，时空门根本没有被使用，那些生命却已经转移到了地球。伊特对地球那边进行检查，结果要半个小时之后才能知道。她迫不及待地等待着。

宏图世界里的进展一切顺利。威力强大的杀伤性武器正被制造出来，一场浩大的星际战争已经接近尾声。一切和预测的丝毫不差。结果已经没有什么悬念，需要的技术也很快从宏图世界里转移到伊特——半个小时后，布满整个地球无穷无尽的量子胞中间，将分裂出几个新的胞体。

伊特开始着手构筑通道，她要将宏图世界的一草一木都转移到地球上去。这是一个繁复的过程，不仅要消耗巨大的能源，还需要至少三十个小时的时间。她完全可以不这么做，因为这个世界已经提供了所需要的东西，对于人类世界来说，它失去了价值。按照保护人类的原则，伊特只需要提供通道，保证宏图世界中的人们可以转移，这样的代价会小得多。但伊特必须这么做。这是她和那个世界的交易。人类履行了契约，上帝必须兑现她的承诺。

做这件事的时候她想，那格塔图的上帝是否也具有同样的决心和勇气。

那格塔图的上帝正对着自己的伙伴发怒。

"索亚，我们相信你的驾驶水平，但这里绝不是火星。"

索亚有些委屈，"重新校对了导航图，没有发现任何问题。要么导航图是错的，要么飞船导航系统出现了故障。这两种错误都需要地面通信来校正。"

几尼点点头，"还有一种可能，那个家伙让这块区域的空间发生了一些变化。我们的导航系统并没有得到及时更新。"

几尼又说，"伊特正在试图给我们定位，然后派遣飞船来帮忙。不过这个过程很困难。那个家伙在不断地干扰。它的质量随着向火星不断接近正在不断地增大。我们也要帮帮自己。索亚，你能完全手动操作飞船吗？"

"没有问题。"

"好的，飞船进入手动模式。索亚，把你知道的所有星图输入飞船主机。我需要给它编制一个算法。"

亚布明白了几尼要做什么，他想通过星图定位。是的，那些星星，远远地离开太阳系，它们是最好的原始路标。然而，星图定位需要很高的精确度，在这茫茫的宇宙里，一点点的误差也会导致成千上万千米的错误。如果他们已经不在航道上，那至少需要数以亿计的相关星图，每一张星图都要和当前位置做出比较，然后从不同角度进行三角定位，得到现在所处的位置和火星位置。亚布有些怀疑索亚脑袋中存储的数据是否足够，或者几尼能不能编制这么复杂的算法。但这总比什么都不做要好一些。

亚布看着窗外，黑魆魆一片，什么都没有。他暗暗焦急，对那格塔图，时间比一切都珍贵。

休潘了解雄鹰号就像了解自己的手掌。他可以控制雄鹰号完成各种高难度动作，包括刚才完成的那一个。飞船以一个极大的仰角拉起，同时左转，一颗人造卫星擦着飞船过去。如果稍有失误，整个飞船此刻就已经变成一团火球了。

休潘心有余悸。他意识到这是从来没有面对过的挑战：外层空间乱成一团，许多卫星开始失去轨道，变成危险的流浪杀手。灾难的降临比预期更早。

休潘关上导航系统，这个玩意儿已经失去了作用。雄鹰号一边探测一边前进，就像一个盲人。

"情况有些不妙，阿立亚。看这种情形，两艘航天母舰很难开出来。"

"伊特的计算错了？"

"不，她不会出错。但是情况发生了变化。"

"我们怎么办？"

"此刻，没有比雄鹰号更安全的地方。"

休潘注视着屏幕，那上面大大小小的天体不断运动。整个火星上空，各种天体不再井然有序，它们纵横交错，形成了网状。时间久了之后，休潘几乎有了一种幻觉，那些卫星、空间站、太空垃圾，似乎在遵循着某种规律运动。他把刚得到的数据传送给伊特。

不管怎么样，他必须去把亚布找回来。如果那幻觉被证明是一个事实，那么火星就处在更大的危险之中。他没有办法帮助火星，但他至少可以帮助亚布。

休潘看了看阿立亚，阿立亚抿着嘴唇，皱着眉头。阿立亚是一个专业的治理委员，但她缺少对事物变化的敏感。如果她敏感一点，那么在泰坦的地下，她就应该感觉到那恶臭的气味比平时浓重了许多，而许多量子胞已经枯萎了。伊特正用一种损伤自己的方式进行着疯狂地运算，至少在火星上是如此。

敌人比想象中更强大，而伊特却比以往任何时刻更虚弱。火星的毁灭不可避免。

休潘开始考虑雄鹰号怎样才能在这场灾难中幸存下来。这不是玩笑。按照雄鹰号的设计指标，其在火星和地球之间进行一次漫游并不是难事。但如果入侵者以某种方式干预了空间，飞船也许根本找不到回地球的路，或者走到一个错误的方向上去。不言而喻，这样的后果只能是灾难性的。

"休潘，我们怎么走？"扬声器里传来阿里特的声音，他一直在等着休潘的指示。

"嗯，坐标37，15，490。全速前进。"休潘把一串指令输入飞船主机。他把控制权交给了阿里特和飞船主机雅科。

"阿立亚，接下去我们只有尽全力。情况比预计的要糟糕。"

阿立亚看着休潘的眼睛，点了点头。

地球的反馈回到了火星。伊特没有想到居然是这样的结果——出现在地球上那个新世界里的生命痕迹，是怨灵。伊特仔细检查那格塔图，了解了事情的原委。亚布在设计世界的过程中留下了一个小小的后门。他设计了一个封闭空间，从那格塔图进入这个封闭世界，唯一的途径是神的审判，有罪的灵魂被封闭在这个空间里，不能听，不能看，无知无觉，甚至无法感觉到同伴，伴随的只有无尽的恐惧。这是那格塔图的地狱。然而，当数目超过一百万的怨灵以非同寻常的方式被送到地狱，情况发生了变化。这地狱突然之间变得面目全非，它以一种全新的架构重新组织了自己。其中的生命，包括在那一次战争中失败的怨灵，还有各种各样因为其他原因而被囚禁的怨灵，获得了新生。事实上，它不再是一个地狱，它更像是一个那格塔图的影子，只不过，其中的每一个生命都对世界怀着深刻的仇恨，这些怨灵愿意用任何代价来让其他生命遭受苦难。这些被囚禁者并非完全不可救药，但这个世界让它们变成了彻底的恶魔。没有怜悯，没有宽恕，血和烈火是它们唯一愿意用来交流的语言，痛苦是快感的来源。

一个彻底异化的世界。那格塔图的人们已经感知到这一切，并且知道这个世界会在毁灭日之前和那格塔图贯通起来。那格塔图已经放弃了抵抗的勇气而彻底地堕落。有一件事对伊特来说更为糟糕：这个影子世界本来没有任何出口，然而四条逃生通道将它和新世界贯通起来，恶魔的军团正源源不断地向着新世界涌去。

至少此刻那格塔图还没有陷落到血和火中去。伊特已经下定决心：如果那格塔图得不到上帝的拯救，她将把它抹去。这是一个耻辱的事件，然而伊特准备承受这样的耻辱。

休潘送回来的信息已经经过处理。毫无疑问，这些太空物体已经进入了新的轨道。它们在火星上空编制了一张网，所有的飞行器都面临着撞毁的危险。伊特明白她低估了对手，它并不打算用自己的躯体撞毁火星，它打算捕获火星。伊特相信它有这样的能力：它没有用任何动力来推动卫星、空间站，或者太空垃圾，它只是——改变了空间结构。一张大网已经围绕着火星张开，网络的经纬是一条条看不见的引力线，此刻，这痕迹并不明显，但随着时间一分一秒过去，这网络将变得越来越紧密，以至于最后连一个分子都跑不出去。

火星的疏散计划已经失败。航天母舰根本无法穿过这样的引力网，如果强行通过，扭曲的空间就会把飞船撕裂成几块。自动飞船和那些小型航天飞机还有可能逃生。然而，这远远不够，绝大多数人已经无法逃走。

挫败感浮到意识表层。伊特首次发现自己并不是全知全能的。一种无能为力的悲哀让伊特几乎想把自己解构掉。在那一刹那，她明白了那格塔图世界人类的悲哀，在一个毫无指望的世界里，除了放纵，还能有什么追求。伊特调整情绪，让自己重新开始计算。那格塔图还可以指望上帝，现实中没有上帝，只能依靠自己。

她加快了宏图世界的传送。火星的地下世界里，量子胞正在成批成批地死亡。

她把新的情况通报给全世界，同时告诉火星人类，即便成为俘虏，她也将和人类在一起，保证他们的安全。而地球，萨伊斯和阿波罗已经开始实施反击计划。

她将所有的自动飞船送上天，亲自对所有的飞船进行操控，发誓把它们安全地送出巨网。

她失去了和几尼的联系，为了最后的希望，她把所有的情况输入雄鹰号的备份主机，并且告诉休潘，如果那格塔图得不到拯救，她将毁掉它。亚布必须作出选择，回到火星拯救他的世界，还是远远地躲开保证生命安全。

她感到心力交瘁，这是三百万年来的头一遭。她不知道地球的超脑——她的母亲和姐妹是不是曾经有同样的感觉。她怀疑这种情况持续下去，她将失去最后一个量子芯座，从而失去存在的最后一线机会，但这动摇不了她的决心——无论她能不能获得重生，她也要坚持下去。这是她对这个世界的承诺。

几尼和索亚正忙着计算各种可能性。缺少定位，甚至连几尼都没办法回到火星去——他不知道向着哪个方向去。太空的旅程，一切都必须控制得恰到好处，一点点计算错误都有可能把送到地球的东西丢到太阳里去。

他们不知道火星上正在发生的一切，但他们知道，时间已经不多。按照那格塔图的星辰起落来算，只剩下十五次。亚布紧张得手心冒汗，他看着几尼和索亚，恨不得自己冲上去帮忙。然而他并没有表现出紧张的样子，而是平静地看着几尼和索亚，事情已经如此了，急也没有用。

如果空间真的发生了变化，那么火星也一定受到了影响。五十万人的撤退，这是从来没有过的大计划。他们真的能够安全撤出来吗？亚布突然想起母亲来。他多么希望母亲已经离开了火星，正在前往地球的途中。但他明白这肯定不切实际，作为治理委员，母亲一定会选择最后离开，在获知他冒险离开哈勃观察哨的消息后，母亲一定会在火星等待他的归来。二十年来，一直是这样。亚布皱起眉头，事情和想象的有些不一样，他已经没有选择。无论是为了那格塔图还是母亲，他都必须回到伽利略大峡谷的家中去。然而，能否回去他已经无法决定。

亚布再次看着几尼和索亚，无穷无尽的星图在屏幕上不断闪过，两个伙伴也正竭尽全力地忙活着。他们都不知道，危险已经逼迫得如此之近。

休潘已经飞行了十个小时，搜索了亿万立方米的空间，还是没有找到亚布的飞船。根据飞船最后的位置，他们不可能脱离这个区域。雄鹰号继续搜索，这并不是个好地方，在外星的不速之客和火星之间，甚至更靠近外星。

"他们应该就在附近。"

突然，飞船响起了警告。他们距离一个长六十五米、宽十八米的物体仅仅六百千米远，碰撞即刻发生。没有任何人能够对这种情况做出反应，规避系统也无法起作用。雄鹰号以八百千米每秒的速度直直地撞了上去。

警告声平息下来，仿佛什么事都没有发生。

"那是什么？"阿立亚有些惊魂未定。

"雅科，那究竟是什么东西？"

雅科以标准的电子音回答："可能是某种气体尘埃。我从没见过这种东西。它似乎体积庞大，但是非常稀薄。只有在六百千米的距离上，侦测系统才认为它是一个物体。那只能是一个气团。"

"飞船有什么损伤吗？"

"少许碰撞，不是问题。"

"这样的气团是什么类型的天体？"

"理论上不可能存在，这么小的气团，引力根本不能发生作用，瞬间就会在真空中弥散掉。"

"那么有某种其他力量约束了它。"

"对刚才的情况已经做出了分析。我不能理解它的存在方式，也许伊特能够解释秘密，但我们已经和火星伊特断开了连接。"

"好的，我明白。向地球伊特发送一份报告。"

"遵命，船长。"

雅科沉寂了一秒，接着说话，"好消息，我们找到了亚布的飞船。"

阿立亚焦急地等待着雄鹰号和小鹰号的对接。讯号已经发送给小鹰号并且得到了反馈。两艘船开始靠近。然而飞船对接是一个复杂的过程，并不因为阿立亚的焦虑心情而变得简单。雄鹰号开始减速，十分钟后，它才能抵达小鹰号身边，然后调整飞行姿态，相对小鹰号零速度飞行。

休潘没有让雅科把目前火星上的情况告诉亚布。这对亚布过于残酷，他要亲口告诉这个孩子，然后安慰他。他看了看阿立亚，认为她必须了解她的儿子正在做些什么。是的，一个母亲对孩子充满了爱，毫无疑问，她会跳起来，然后竭力阻止儿子前往火星。

"阿立亚。嗯，我们很快就可以见到亚布。"

"是的，我恨不得马上就见到他。"

休潘清了清嗓子，这引起了阿立亚的怀疑，"有什么不对吗？"

"没有。只是……有一些情况你必须了解。"

"什么？"

"亚布也许还要回到火星去。"

"什么！"

"听我说，阿立亚，这关系到一千多万人的生命……"

雄鹰号送来了信号，这是一个极大的好消息。几尼和索亚继续计算，如果雄鹰号已经来到身边，而他们却看不到火星，这非常让人费解。

小鹰号已经进入自动导向，向着雄鹰号靠近。屏幕上，是雄鹰号讯号的位置。亚布盯着大屏幕，雄鹰号正不断靠近。漆黑一片的天穹上，星星点点几颗星星。亚布皱了皱眉头。

"索亚，你有任何结果吗？"

"没有。我们可能进入了一个从来没有被探测过的轨道。无法找到对应的星图，甚至无法找到相似度50%以上的。"

"但是雄鹰号找到了我们。"

"他们并不依靠导航系统，也不需要星图导航，雄鹰号有最强大的搜索系统。"几尼接过话头，"十个小时之前我还能追上你们，那个时候小鹰号并没有迷失方向。但是之后二十分钟，伊特和我失去了联系。计算一下，二十分钟，小鹰号不过开出了六千千米，这对伊特不过是一眨眼的距离。然而她却不能再追踪到。"

亚布指着屏幕的一个角落，"那颗星星。你看，是蓝色的，虽然很弱，如果你把它看成地球，那颗，很微弱的小星星，把它看作天狼座超新星，然后，我们还有太阳。索亚，根据这些你能够定位吗？"

索亚很快给出了结果，"这不够精确定位，但星图资料中具有近似资料，火星轨道的卫星星图，火星距离我们大概十二万千米。"

"这个距离上的火星比太阳还要大。但我们却无法把它辨认出来。事实上，我们已经看不到绝大多数星星了——某种东西让我们变成了瞎子，而我们还一无所知。"

几尼看着亚布，"你的看法是对的。"有时候，对现实世界的仔细观察和猜想比对海量数据的机械分析更有效。世界在变化，而变化通常不能在故纸堆中找到。

警报声响了起来。这一次，雄鹰号及时采取了行动。它调整了飞行姿势，在碰撞之前把飞船的速度降到了十五千米每秒，飞行方向偏离十五分。这是它变速能力的极限。从雅科发现那个物体开始到雄鹰号惊险地从它上方掠过，仅仅是短短的十秒。

虽然重力维持系统消除了绝大部分因为加速而导致的受力，但急剧的飞行姿态变化还是引起了两个地球加速度的过载。十秒过去之后，阿立亚感到腹部一阵痉挛，她大口大口地吐了出来。

休潘在急剧转弯中碰伤了头，额角流血。他顾不上擦拭伤口，扑到控制台上几乎吼叫般发号施令，"那是什么？马上报告。"

"气团，密度低于三百克每立方米。球状，半径二十七米。"

那是一个同样性质的物体，这一次它的密度大了许多。在四千千米的距离上，雄鹰号能够发现它并且预警。

又是气团！休潘感觉有些不妙。他们应该飞行在毫无阻碍、空阔无边的真空中。太阳系经过亿万年的演化，早已经成熟而稳定，这样的气体团绝不应该在内行星系统存在。它们都是被制造的！这个想法冒了头就再也收不住，他要求雅科检测，也很快得到证明：某些方向上星星的亮度等级下降得很厉害，甚至比在大气层内的观察效果还要差——他们已经进入一个空间，这里和太阳系的任何一个地方都不同，分布着暗黑的气体云。

阿立亚紧张地看着休潘，"什么情况？"

"也许我们靠它太近了。"

"它？"

"那个将要和火星碰撞的家伙。这些气体云。看起来像是它的某种装置，也许就像它的卫星。我们接近它的外围了。"

"那么，亚布他们更危险。"

"情况并没有得到确认。我已经要求小鹰号靠近。一旦会合，我会马上离开这里。"

"船长，小鹰号的讯号在衰减。"

"把信号送到我这边来。"

屏幕上，小鹰号变得越来越暗淡，最后消失了，仿佛被黑暗吞噬。

阿立亚紧紧地抓住休潘的胳膊。

"别紧张。我们马上就过去。他们只是被气体云遮住了。"

几尼紧张地思考着，他回忆着人生中所接触的所有关于宇宙和生命的知识，最后得到一个可能性。

"冲出去，亚布。这些东西，它们可能很复杂，但只是气体云。稀薄的气体，飞船可以撕破它。不要害怕。"

"我不怕。"亚布点点头，"索亚会帮助我。"

"好的，我坚持不了多久。我必须走了。本来可以和你多待一会儿，但是现在回不了火星，也回不了地球，我只能到阿波罗去，这是一段更长的旅程。冲出去，亚布，你可以做到的。"

"放心，几尼。再见！"

几尼笑了笑，"会有办法的。多一点点耐心，入侵者会被击溃。我们会再见。"他转向索亚，"再见索亚，你是个很棒的机器人，伊特会给你准备一个转世。"

索亚笑了笑，"我知道。不过，我会和亚布一起去。"

几尼点点头，然后他的身体开始变得更加透明，最后消失了。他向着太阳而去，那是唯一可以确认的方向。

"亚布，怎么办？"

"雄鹰号距离我们多远？"

"失去联系时是十七万千米。"

"以最大速度向那个方向前进。有导弹吗？最好发射一枚帮助我们巡航。"

"没有导弹。我们可以把救生艇抛射出去，让它在前方开路。"

宏图世界的传输已经接近尾声。六千兆兆的数据洪流几乎让伊特耗尽了能量。她从来没有感觉如此虚弱过。当然，她完成了一件史无前例的工作，让一个和银河系一样宏大的世界从火星转移到了地球。所有的世界都已经撤退，除了那格塔图。

关于末世的预言让人们堕落，接踵而来的是疯狂。距离癸亥年还有五年，那格塔图已经陷入一片混乱。长老完全失去了控制能力，人们自相残杀，用他人的生命和鲜血来减轻自己对末日的恐惧。怨灵也失去了控制，它们占据人类的身体，变成行尸走肉，然后四处屠杀，最后被人或者其他怨灵杀死，进入地狱——似乎它们躲开封闭的结界，找到了一个进入地球新世界的迂回方法。

伊特已经很久没有看到过这样邪恶的世界，每一个人都是魔鬼，只有极少数人仍旧保持着对神的虔诚。人类已经进入文明世界亿万年，这种野蛮的行为只有在远古历史中才可以瞥到一星半点儿。她在痛苦中抉择：抹去这个世界，毁灭这种罪恶，还是留给创始者来解决。最后她还是保留了那格塔图，毕竟，她对亚布承诺将把那格塔图保留到最后一刻。

现实中是另一种威胁。引力的巨网已经收紧，所有的三千六百艘自动飞船紧急升空，它们疏散了将近八万人，那些私人的航天飞机也加入到拯救的行列中，六百多架航天飞机带走了两千多人。整个过程没有太大的波折，只有一艘较大的自动飞船碰触到引力网，引擎损毁，坠落，死亡四十七人。然而，航天母舰无法升空，两艘母舰上的四十多万人和她一样被困在星球上。她不知道怎样的命运会降临，但她确信，只要存在，她就会竭尽全力保护人类。对方开始减慢速度，准备和火星并行。

伊特继续计算着，准备把所有人口藏到地下。那些死去的量子芯座，正好成了绝佳的避难所。整个星球的交通再次繁忙起来。

亚布和索亚完全陷落在黑暗中。

一个完全失去了光明的世界，太阳也失去了光辉，被黑暗所吞没。一切都发生在顷刻之间，聚集在周围的气体云突然变得浓厚起来，挡住了一切星光。

亚布并没有因为突如其来的变化而不知所措，他和索亚正准备抛射救生艇。突然他们听到了窸窸窣窣的电子噪声，声音并不响，但在一片寂静之中却很刺耳。

亚布停下动作，"那是什么？"

"我不知道。某种电子噪声。"

亚布不说话，他仔细地听着这种毫无规律的嘈杂声，毫无疑问，这是一种电子噪声，但它的来源却值得怀疑。他们陷落在黑暗之中，没有信号，没有光，就像是封闭在绝对黑暗中的囚徒，只剩下自我存在的感觉。而此刻突然有了噪声。

亚布继续听着，那嘈杂声变得有些规律可循，然而他并不能了解其中是否有特殊含义。他就像一个外国人，听着一门从来没有听到过的语言，而说这种语言的人，正在窃窃私语。某只眼睛正在观察着他。

"索亚！"亚布向着索亚点头，飞快地用安全带将自己紧紧地绑住。

索亚心领神会，很快将救生艇抛射出去，然后将小鹰号的动力放到最大，紧跟着救生艇向前冲。他们向着墙一样的黑暗冲撞过去。亚布相信几尼的判断是对的，那并不是牢不可破的牢笼，飞船可以从这黑暗物质中脱离，重新回到火星的怀抱。

事实证明他和几尼是对的。

小鹰号重新出现在屏幕中间，这让雄鹰号上的所有人都振奋起来。雄鹰号加紧向着小鹰号靠拢。突然间，他们看见了爆炸的火光，所有人的心沉到底。雅科的报告让大家稍稍宽心：那个爆炸的东西，并不是小鹰号，而是救生艇。紧接着的一条消息又让大家紧张起来：一个物体紧跟在小鹰号背后，那是一个气团，但是密度比先前遭遇的两个都要大——它就像一团烟雾。事实上，亚布他们正是从这个气团里脱离出来的。

爆炸的火光照亮了亚布的脸。虽然那的的确确是气体云，但它也有着不同一般的特性。它让救生艇变成了碎片。不管怎样，他们成功了。亚布看见了火星，那圆盘一般的红色星球看起来温暖而让人怀念。他们已经在火星轨道上了。亚布看到了信号，雄鹰号正积极地赶过来。他再一次转向火星方向，发现了非同寻常的东西。一条条黑色的轨迹在火星的圆盘上纵横交错，再仔细一点看，这些黑色的轨迹，是无数太空物体组成的长链。所有的链条都指向同一个方向。亚布顺着那方向看过去，看到了太阳系五十六亿年的历史上从来没有发生过的一幕。一个椭圆的黑色星球，和火星一般大小，映衬在太阳的光辉下，分外醒目。它仿佛太阳表面一个突兀的黑洞，深不见底，通向另一个时空。

亚布揉了揉眼睛，试图证明这是幻觉。然而它并不是。索亚用飞船的探测仪对准了它，探测仪显示出精确的影像——黑色星球显示了它的活力，它突然膨胀，然后收缩，仿佛进行了一次深呼吸，一股黑烟喷向火星。黑烟在前进中不断分化，稀释，最后变成千丝万缕，消失在太空中。此刻并不能看到这对于火星的影响，但亚布有着清晰的想象：蜘蛛吐出细丝，缠绕自己的猎物，无论这黑色球体是否真的和蜘蛛一样捕食，它绝非善类。伊特的判断是正确的，这的确是一次入侵。

"亚布，这里是妈妈。你能听到吗？"

"是的，妈妈。我在这里。"

绞索已经开始收紧。火星的外层空间发生了天翻地覆的变化。伊特观察着，记录着。入侵者已经不再靠近，但引力线变得越发密集起来，此刻的火星上空已经经历了一场灾难。几乎所有的人造卫星都失去了轨道，伊特的感觉能力下降得很厉害，她已经看不清地面上的绝大多数物体，只能凭着存储在记忆中的地图对所有交通进行指挥。幸运的是，地面设施仍旧在正常工作。从地面看过去，火星的天空仿佛被画满了窗格——在太阳的照射下，那些物件都闪闪发亮。突然比格鲁山峰发生崩塌，一条看不见的引力线贯穿山巅，空间结构的急剧变化让岩石分崩离析，巨大的石块滚滚而下，引起了更大规模的山崩。伊特甚至来不及做出任何反应，那位于山脚下的天堂度假地就被完全掩埋在十米深的碎石下边。幸亏那儿没有人。紧接着苍之涛航空港发生了同样的事，这个结构坚固、预计寿命三万年的起降平台，在两秒之内轰然崩塌，各种强化分子塑料碎片如冰雹般向着地面落去，通向起降平台的直达电梯也发生局部崩塌，自顶向下短去了一千米。引力网已经下降到十六千米的高度。

如果这种趋势一直持续下去，整个火星都会被它粉碎。伊特不断地向着太空发送信号，用各种已知的语言以可能的载波反复发送，重复着两个字：和平。她相信那正在攻击中的星球一定听到了她的声音，这个具有智慧的异星来客，即便它不了解这两字的含义，它也能理解这是眼前的猎物在面临灭顶之灾时所发出的哀号。伊特希望它像人类一样，能有一点同情心。

希望非常渺茫，伊特已经反复发送了整整一个小时。没有到最后关头，就不能放弃希望。

引力网停止下降。

地下避难所挤满了人。空气中充斥着一股怪味，有人因此而不断咳嗽。这死去的量子芯座里，那些枯黄的量子胞横七竖八地躺着。正常死亡的量子胞会完全分解，变成肉眼不能分辨的黑色微粒和土地结合在一起，而眼下，这些量子胞仍旧成形却已经死掉。往常这无疑是最深重的灾难，然而此刻，拥挤的人群已经无暇关注这脚下的东西意味着什么。他们相互推搡着，为自己获取更大的一些空间。凌乱的量子胞被随意践踏。守在门口的两个机器人帮助人们进入地下，三三两两的机器人在人群中维持秩序。在这混乱时刻，唯一没有陷入混乱的是机器人。

雄鹰号向着火星靠近，它和伊特恢复了短暂的通信。信号通过狂乱的大气层变得非常失真，但雄鹰号上的所有人还是明白了火星的情况——火星几乎完全被毁掉了，伊特丧失了外部的一切，仅仅在南极的地下保留着五个量子芯座，依靠地下网络对全球各地维持着虚弱的控制。所有的虚拟世界都已经撤退，只有那格塔图仍旧处在一片混乱之中。

"那格塔图，他们还在等着我吗？"

"只有一个人。她被她的父亲封闭起来。只有神的回归才能解放她。她的身上带着打开结界的印记。其他的人都疯了。"

短暂的通信很快中断。强烈的气流毁掉了伊特最后的天线和发射台。

亚布简单地计算了一下，还有三个小时就是甲子年元月元日，那是他许诺要回到那格塔图的时间。

"我必须回去。"他说。

"你疯了。你根本拯救不了那个世界。"阿立亚马上拉着亚布的胳膊，仿佛生怕他马上消失。

"我答应过回去。"

休潘接过话头，"亚布，想一想这个问题，那里只有一个人还活着，还相信你。其他的人要么死了，要么已经疯了。你回去，即便救了她，也没有什么用。火星已经危在旦夕，你们没有地方可逃。"

"我可以把这个世界升入天堂。"

"不行的，亚布。伊特已经自身难保了。"

"会有办法的。"亚布想起几尼说过的话，他转向索亚，"索亚，告诉我，安全返回的可能性有多大。如果有五成，我就去。"

雄鹰号在静止轨道上停留。下边，无数残骸组成了一个疯狂的魔方。引力线切入大气层，就像是涨满水的池子找到了宣泄口，空气都向着引力线而去，然后顺着引力线涌动，开始形成飓风。火星经历了人们从来没有见过的尘暴，全球的沙土都飞扬起来变成一条条红色、黄色的巨龙在火星上空翻腾。这样的场景，只有在亿万年前，人类和伊特还没有来到这个星球的时期有过。地面遭到了毁灭性打击。几乎所有的人造设施都在狂暴的飓风和沙土中飘摇。在情况最严重的赤道地区，风速达到十五千米每秒，能见度为零。而伽利略大峡谷是一个避风港，亚布的家仍旧完好无损。然而飞船在伽利略大峡谷安全降落的可能性只有四成。

小鹰号和雄鹰号脱离了接触，在疯狂的滚滚沙石之间寻找着空隙，不断下降。

"亚布——"阿立亚喊叫起来，撕心裂肺。然而亚布已经听不到了。

"阿立亚，让上帝保佑他吧。"

神按照他的许诺重新降临，然而，这个世界上已经没有了子民。

这片曾经富饶安宁的土地，如今充斥着荒凉和腐朽的气息。人已经死光了。地面上到处游荡着怨灵和行尸走肉，随处可见白骨累累，偶尔会有鬣狗撕咬早已经腐朽的尸身。这充满怨气的土地，连草也不能生长，只有荒芜，死气沉沉，等待着沉陷到地狱里去。

神在这片土地上逡巡。他到了阿波罗神殿。倒在烈火中的神殿只剩下几段粗大的石柱。在这石柱环绕的中间，椭球般的白亮物体挺立着，闪闪发亮。这是被伊特打开的四道时空门之一。这是那格塔图仅有的外观完好的东西。

天空突然打开一道缝隙，黑色的缝隙迅速扩大，变成深深的疤痕，来自影子世界的魔鬼从这丑陋的疤痕中掉落下来，在地上翻滚，然后站立起来。它们怀着仇恨来毁坏这个世界，然而这世界早已经把自己毁得干干净净了。当它们发现没有任何东西值得破坏时，它们开始自相残杀。

但这世界还有一个人。水韵出现在阿波罗神殿。嗅到活人气息的恶魔从四面八方向着阿波罗神殿蜂拥而去。可怜的小姑娘刚抬起头，就发现自己被无数凶神恶煞包围着。但是至少，她的身前还站着一个人。是神！神站在她的身前，就像父亲预言的那样，神会保护她。

所有的恶魔都认识神。那是它们深刻惧怕的存在。但是此刻，它们人多势众，把神团团围在中央。突然，站在最前边的一个矮小的魔鬼发出一声大吼，举着镰刀冲上去。所有的魔鬼都咆哮起来，冲上去，要将这世界的创造者毁灭。

属于魔鬼的交给魔鬼，属于神的归还给神。亚布没有抵抗，无数的恶魔将他的身体撕成了碎片。水韵却飞升起来，轻盈且不可阻挡地向着天空飞升。神庙中央的结界突然崩溃，时空门化作一道白光，消失不见，神淌在地上的血和四处散落的尸骨也突然消失得干干净净。一股无可抗拒的力量从天而降，荡涤了整个大地。那是神最后的裁决。

死去的人会复生，罪恶的人会得到宽恕，大地将恢复生机。九百六十万平方千米的土地将重现人间的天国。

伊特不知道亚布到底在搞些什么。她也没有心情去猜想。最后的时刻迫在眉睫，她提醒亚布赶紧进入地下。一股飓风将进入伽利略大峡谷，亚布的家不可能再幸存。亚布并没有理会。伊特想把他强行驱逐出来。然而在那格塔图，她的力量已经不如亚布那般强大。

"亚布，我们没有时间了。"

"我要和子民在一起，我不能放弃他们走掉。"

"你可以走，我会照看他们。"

"我知道火星会被毁灭，这个世界不能独自存在下去。但我会和他们在一起，直到最后一刻。"

"那有什么区别呢？这个世界会因为量子芯座的毁灭而毁掉。你却可能活下来，等待下去只是无谓的牺牲。"

"我不知道它什么时候毁灭。一旦离开，我就再也回不来了。我要在这里守候到最后一秒。"

"那么你要作出选择，如果你留在这里，为了避免飓风的影响，回到现实世界的路径将被切断，你的身体将死去；或者你现在就回到现实世界去，把那格塔图留给我。"

"不一样，如果所有的量子芯座都被毁掉，那格塔图不复存在，他们会在末日的时刻感受到巨大的痛苦。而我，会让所有人在最后一刻进入安详。"

"你的母亲会感到痛苦。"

"她会为此骄傲。请转告她，对不起。但我必须看护那格塔图。况且，就算我躲入地下，仍旧会死掉的，对不对？与其如此，不如守在那格塔图。"

"好吧，没有时间了。飓风会在十秒内毁掉你的家。"

"明白了。请把索亚保护起来。你可以保存他的一个副本，然后让他休眠。"

"我可以做到。"

阿立亚痛哭流涕。亚布的离去意味着他选择了死亡，也许他能活着回家，但他绝对不可能再活着离开火星。她哭得如此伤心，以至于昏了过去。醒过来后，她看见了休潘，后者正关切地注视着她。

"亚布，亚布！"她念叨着。

"他是个勇敢的人。你应该为他骄傲。"

"他还是个孩子。"

"他已经是一个上帝了。"

"他是个孩子。"阿立亚移开目光，她突然看见了一些异样的东西。太阳的两侧各出现了一个小点，那小点很快膨胀起来，变成两条小小的立柱。

"那是什么？"阿立亚惊讶地问。

休潘回头看见了屏幕上的异样，太阳长出两条长长的胳膊，比任何已知的日冕风暴都要长得多。胳膊不断地延伸，就像太阳正张开双臂试图拥抱什么。突然之间，胳膊断了。两道火红的飘线陡然间拉得笔直。

雄鹰号的警报响了起来。雅克接到了来自地球伊特的紧急通告——所有飞船以最快速度离开以不速之客为中心的六百万千米范围，如果做不到，离它越远越好，绝对避免处于那黑色球体和太阳之间的任何一个点上。不需要通告，所有的飞船正在全速奔逃，通告让这个过程变得更加扣人心弦。某些飞船重新定向，他们选择以最短的路径逃离那黑色的不速之客。

"是阿波罗！"休潘敏捷地跳起来，坐回到船长的位置，下令全速离开。

"那是什么？"

"不知道。也许伊特已经找到了对付它的办法。"

等离子流迫近地球的时刻，地球的天空一碧如洗。地球上的生灵从来没有见过这样的奇景：长长的红色光芒划过天际，像一把带血的利刃将天空一划两半。不是一道，而是两道，只不过除了北极圈以北，没有别的地点可以同时看见。

在阿波罗，伊特观察着，计算着。几尼默默地等着伊特的结果。

"95％的概率可以成功。"

"需要准备下一次打击。"

"下一次打击会毁掉火星和附近的所有小型飞船。"

"我授权你这么做。为了地球、萨伊斯和阿波罗的安全。"

"他们有多大的概率还活着？"

"伊特100％，亚布16％，索亚88％……"

几尼沉默着，他希望亚布能够活下来。这是一个优秀的小伙子。如果没有这场意外，他会以正常的程序加入组织。

几尼看着火星，那小小的红点已经变得模糊，黑色星球用特别的方式一点点地扼杀着它的生命。阿波罗已经射出了复仇的利箭，再有三十分钟，黑球将为它的鲁莽付出代价，火星的生命会得到拯救。

"伊特，我想过去看看。你能把我推到那边去吗？不需要现形，只要用谐波形态。"

"遵命。"

一束微弱的电离子从阿波罗发射，紧跟着那两道恢宏的巨龙而去。

长达十万千米、能量密度达到六千亿的两条巨龙正以三百千米每秒的速度奔驰，其中沸腾的正负离子不断结合又不停断裂。巨大的龙头闪着辉光，那是星际尘埃湮灭其中留下的痕迹。辉光闪烁，将前进道路上的一切照亮。

雄鹰号飞快地逃逸，然而时间紧迫。

阿立亚想着那来自太阳的两道光柱，"那是阿波罗的反击，对吗？"

"应该是的。我们必须躲得远远的，被误伤可不是一件好事。"

阿立亚盯着火星，不无忧虑，"火星难道不会受到影响吗？那黑家伙距离它只有三十万千米而已。"

休潘看着阿立亚，眼睛里光芒闪烁，"阿立亚，你真是天才。"

休潘让雄鹰号慢下来，他指挥飞船绕着火星飞行。

"我们躲在火星后边。那里应该是安全的。"

"你是说火星不会受到影响？"

"我不知道。但是火星一定不会爆炸，只要避开那个黑色星球就行了。"

"也许它也认识到这一点，正绕着火星运动。"

"是的，那么我们就和它兜圈圈。伊特不可能没有考虑到这种情况，它躲不掉。我们只要躲开它。"

黑色星球正发生着某种变化。它觉察到了这个星系的反抗，与之前它所遭遇的其他星系不同，这个星系组织的反抗惊人。它简单地估算，利用所有的基本子来构筑空间屏障，也仅仅能够挡住两股巨大能量中的一支，另一支将把它彻底摧毁。这个星系早已经跨越了行星文明，能够控制恒星能量，这超越了它所了解的文明形态——一个星系级的文明居然保留着碳基生命体作为文明载体。这是一个有趣的教训，但它没有机会去反思了。它用最快速度求解，所有的迹象都指向同一个结果：就地解散。这是没有办法的办法。毁灭不可避免，只有尽力挽救更多的基本子。它开始绕着眼前的行星运行，这将争取更多的时间，同时，它开始自我解构。

一团接着一团的黑色气体被喷射出来，飞快地消散在宇宙空间。黑色的球体变得越来越小，最后它的体积仅剩下原先的一半。一道亮丽的光和它碰在一起，剧烈的爆炸形成一团火球，在火星上空熊熊燃烧。紧接着第二条巨龙汇入那火球中，猛然间，天空仿佛出现了第二个太阳。

休潘、阿立亚和雄鹰号的所有船员看见火星的地平线上弥漫起辉煌的光彩，仿佛给火星添上了一个圣洁的晕轮。七千多艘大大小小的飞船上，人们都在那一刻陷入震惊和沉默，然后爆发出欢呼。

亚布等待着那最后的时刻。他没有等到。他等到了几尼。于是他知道末日已经远遁而去，尽管它曾经逼迫地那么近。

"几尼，你们找到了办法。可惜有点晚。"

"我们一直有办法。只是它的形迹隐蔽，我们措手不及。"

"它到底是什么？"

"某种地外文明，依靠微技术架构飞船——它们的飞船很庞大，看起来仿佛一颗星球，或者一个活的生物，事实上，它是一个集群，所有的架构都由一种微粒组成。它是精密的机械，也可能是活的。最重要的一个特性是这些微粒拥有四维结构，能够控制三维空间形状。整个集群依靠对空间结构的控制维持形态。"

"很奇妙。"

"是的。但它还不够强大。如果集群的规模达到木星那么大，我们目前就没有办法对付了。幸亏它只是火星规模。"

"我们很侥幸。"

"不是侥幸。宏图世界已经进行了模拟，产生一个木星规模的集群，会耗尽一颗 1.3 倍太阳规模恒星的全部能源。这种集群在银河系中出现的概率只有一百六十万分之一。我们并不是在赌博。宏图也提供了打击这种集群的方案。"

亚布点点头。不管怎么样，一切都结束了。那格塔图已经得到拯救。

"火星上怎么样？"

"很糟糕。也许要三十年才能够恢复。三十年，只是很短的时间。"

"我的母亲，还有休潘，他们呢？"

"很好。地球的援救舰队很快会抵达。"

亚布努力从伊特那里接收一些信息，希望从中得到关于索亚的消息。伊特答应保留索亚的副本。但伊特并没有这么做——索亚拒绝了这个要求。

"我的使命是保护亚布，如果他的生命结束，我的使命也结束了——索亚守护在亚布的身体旁，最后被沙暴卷走。他们都成了齑粉，成了火星的一部分。"

"不要伤心了，亚布，跟我来。"几尼拉着亚布。亚布惊奇地发现自己脱离了那格塔图，脱离了伊特，脱离了地面，脱离了火星，他几乎脱离了一切羁绊。几尼带着他奔向阿波罗。

巨大的壳体围绕着太阳，虽然只是一个雏形，但已经能够看出框架。阿波罗是壳体上的中心城市。它的内部空间巨大，可以容纳八十八个地球，无数的量子胞已经开始落地生根。从阿波罗向外延伸出三十六条轨道，沿着太阳的外围不断伸展，最后在太阳赤道附近停止。每一条轨道都由智能模块拼接而成，每一个模块长五百千米，宽一百千米。最长的一条轨道已经延伸了六亿千米，其上有无数的智能模块，控制着整条经线的起伏。再有三百万年，这些轨道将延伸到和阿波罗相对的另一面，并再度汇合成一点。阿波罗的姐妹城雅典娜会在那儿诞生。剩下的工作就变得简单了：在已经形成的三十六道经线上编制纬线，这个过程会很快，只需要依靠智能模块就能在三十万年内完成。最后的五万年用来填补空缺。反射模块将经纬之间的空隙填满。它们会把绝大部分太阳辐射反射回去，增高太阳的温度，让更多的能量集中到反物质合成器上，制造出反物质，作为能源储备起来。

"然后？"

"我们开始旅行。伊特，人类还有机器人。"

"银河之旅？"

"是的。但那也许只是一个开端。银河外边还有很多世界。"

"太遥远，太遥远。"

"我们等待了三亿年，等来一个太阳壳。门已经打开了，银河世界正在招手。时间不是问题，你已经获得权利，在虚拟世界中永生。一切都是未知数，前面有形形色色的挑战，我们需要你的帮助。"

"这就是超度吗？"

"我们挑选合适的人，最基本的条件是他必须能够清晰地区分现实和虚拟世界，对事物具有敏锐的洞察力，还有，必须有承担责任的勇气和决心。你很合适。不要浪费你的天赋。"

"我明白。让我想想。"

"伊特保留了你的思维和记忆，你已经开始享有权利。你有时间去习惯。还有，你可以叫我阿飞，那是我的名字。"

银白色调的床，栗色地板，米色的宽大沙发，还有舒适的落地水银灯和碎布地毯。阿立亚站在书架前，手上捏着一个小巧的飞船模型。她回想起亚布小时候在地板上玩耍的模样。她微笑着，把飞船模型放回到书架上。一切都是老样子，阿立亚却显得老了。作为幸存的三位治理委员之一，阿立亚有忙不完的工作。三十年，卓有成效的治理让火星迅速地医治创伤，重新走上繁荣轨道。外边的世界变化很快，这里却一直没有变。

阿立亚知道亚布不会回来，索亚也不会回来。但她坚持把屋子里的东西按照老样子摆放着。她缓缓地在沙发上坐下来，看着亚布房间的门。在心底里，她总有某种期望，希望突然有一天，亚布会从门里走出来。

亚布看着自己的母亲。每一年母亲回到这里，他都会悄无声息地靠在她身旁。他并不想让母亲知道自己已经完全融入那个量子的虚拟世界，母亲除了现实不会接受其他任何概念。三十年，他在伊特也不能干预的洪荒世界中度过了几百个人生，但没有一个人生能够让他这么依恋。他回到这里，看着母亲。有几百种方法可以让他和母亲重新接触。然而，那都不会是最好的方案。他和母亲，注定要分开走自己的路。他会一直陪着母亲，直到她的人生之路完结。而他的路还很漫长，三百万年，也许是三亿年，或者更长。但任何东西也替代不了那短短的二十年。亚布明白为什么阿飞不是几尼，几尼只是千万个称呼中的一个，而阿飞才是他自己。

阿立亚站起身，走到门口，最后望一眼这熟悉的一切，轻轻地关上灯。

外边，宁静的夜空中群星闪烁，银河横跨其中，仿佛天空的脊背。

千千世界

　　曾经有一个女孩，她走过很多世界。

　　没有人知道她从哪里来，也不知道她想到哪里去。

　　她从一个世界走向另一个世界，发髻上戴着一朵永不凋谢的花，腰间别着锋利的匕首。

　　凡是阻挡她的人都会被打败，在过去的一千零一个世界里，没有例外。

　　她来到这个世界。

　　这个世界没有太阳，但天地一直敞亮。人们耕种，收获，饲养牛羊，过着田园牧歌的生活。

　　丽娜从东边的海上踏着波浪而来。有人看见了她。一个能在水面上行走的人！消息仿佛急风般掠过整个大地。

她被带到长老那里。

"你是谁，从哪里来？"长老问她，他的脸上并没有惶恐，只是很严肃。

"我的名字叫丽娜。"丽娜说。她紧紧地握着匕首，手指因为用力而发白。

"为什么要害怕我呢？你是一个有神力的人，而我只是一个老头。"

"我没有害怕。"

"你的手在发抖。"

丽娜松开手，"好吧，如果这能让你觉得轻松一些。"

长老眯起眼，仿佛正在打量她。

"你从哪里来？"他继续问。

"你又是谁？"丽娜反问。

"我是这里的长老。年岁最长的人。"

年岁！这是最不可靠的东西。丽娜经历了上千的世界，她深深地明白这点。时间千差万别，一个世界的千年，可能只是另一个世界的一瞬。

她微微扬起眉毛，"那么你了解这个世界？"

"你找不到第二个人比我活得更长久。"

"我有些问题要问你。"

"那要有些交换。"

"什么？"

"你从哪里来？他们说你是从东边的海上走过来的。"

"是的，一个遥远的东方小岛。"

"这个世界是一个孤岛，周围除了无穷无尽的大海，没有别的陆地。所以，你从哪里来？"

丽娜紧盯着长老，伸手抓住了匕首。

"不要害怕，丽娜。这里没有你的敌人。"老人突然微笑起来，他走到角落里，拿起靠在墙边的手杖，向着丽娜挥了挥，"这不是武器，我用它来帮助行走。"

他走出屋子，丽娜跟着他。

屋子外边有很多人围着，他们让开道，长老带着丽娜走上一条山路，没有人跟着。

他们沿着林间小径慢慢走着，地势越来越高，树林也越来越密。到最后，他们几乎在黑魆魆的森林中穿行。但他们一直在向上走。

丽娜紧紧地握着匕首。她可以轻易地毁掉这片黑暗森林，但她克制着自己。一个世界的秘密隐藏在世界内部，毁灭它很容易，发现它却很难。她是一个探险家，并不是毁灭者。虽然经常有人这样误会她。

她紧紧地盯着长老，警惕任何异样的举动。

长老不紧不慢地在前边走着，脚步轻盈。他根本不需要手杖。丽娜这样想。

突然间，眼前一亮。他们已经到了山顶。

山顶很平坦。湛蓝的天空仿佛高高的穹顶。大海在远方。碧海蓝天之间，有几艘小小的渔船。

这里很高，山脚的房子看上去微不足道，如果不认真辨认，根本看不出那是房子。丽娜有些诧异，他们只是走了一个小时的山路，却爬上了这么高的顶峰。这是这个世界的某种神奇。这位老人是一个有力量的人。

长老站在前边，远望着海天交接的地方。"要变天了。"他突然说。

果然，远方的天空开始变得漆黑。这个世界没有太阳，整个天空发出均匀的光芒，乌黑的云朵在南边的天空聚集，天空的光芒被遮掉一部分，于是天色开始发暗。

"你带我来这儿，想做什么？"丽娜问。

长老转过身，撑着手杖，蹲下身子，最后坐在地上，盘起双腿。他把手杖放在身边，"来，坐一坐。"

"我们有很多故事可以谈。我保证，这里没有第二个人可以听到。"

长老说完，看着丽娜。

"不。"丽娜简单而干脆地说。

长老看着丽娜。

黑色云层迅速扩散。很短的时间，整个天空变得一团漆黑。而老人一直静静地看着丽娜。

世界沉没在黑暗中。风声很响，大雨倾盆而下。然而这山顶却没有一丝雨，也没有一点风。仿佛他们正在一个透明的水晶屋子里，一切都只发生在外边。

黑暗中，丽娜的身体隐约发亮，而老人却仿佛消失了。

岛上的人们都躲藏起来，而在遥远的海上，渔船正在飘摇。

丽娜看见浪头折断了桅杆，正试图降下风帆的几个人被卷入水中，他们在水中沉浮，浪头不时盖过他们，又不时把他们推出水面。他们随时可能死掉。

丽娜突然起身，她像一颗流星般从山顶向着大海俯冲。

身影幻化为一道光，划破乌云密集的天空。

丽娜回到山顶，长老仍旧端坐着。

"三艘船。十六个人。"长老平静地说。

"你为什么不救他们？"丽娜质问。

"我不是神。"

"我也不是。"

"你是一个有神力的人。"

"你也有。"

长老缓缓地摇头，"你误会了。我会慢慢地把事情给你解释清楚。但此刻，我们还是坐下来聊一聊别的。"

"你想聊什么？"丽娜并没有坐下。

乌云正渐渐地散去。明亮的天空渐渐显露出来。

长老看着丽娜的匕首，"你救了很多人，但也杀了很多人。为什么呢？你为什么要救他们，又为什么要杀他们？"

丽娜一愣。

为什么？她从来不认为这是一个问题。她经历了上千个世界，如果有人正遭受苦难，她就帮助他们，如果有人试图妨害她，她就打败他们，甚至杀死他们。

她杀死了很多人。这些人害怕她，仇视她，诋毁她，攻击她。他们用可笑的武器，甚至拳头来攻击。她只是予以回击。使用子弹的，死于子弹；使用拳头的，死于拳头。那些人希望丽娜用一种什么样的方式死去，她就用同样的方式让他们死去。唯一的一次例外是她用自己的匕首结束了一个人的生命。

那个人拥有神力。他是那个世界的神。他也像眼前的长老一样，就地坐着。然而整个世界都在向丽娜攻击。无形的力量把她卷入看不见的旋涡，仿佛要把她的身体撕成碎片。她几乎死去，只是在最后一刻，她认定了目标，用匕首结果了他。于是她赢了，活了下来，继续旅行。

除了那一次，其他时候，她并非必须要杀人。然而她还是结束了很多生命。

她也救了很多人。那些弱小的生命，在无可抗拒的自然之力面前就像重重黑暗包围下的一点萤火，她帮助他们摆脱无助而绝望的境地，至少在她看见的那个时刻。

为什么？

"我的词典里没有为什么。"丽娜这样回答。

"这是个很好的回答，但无助于解决问题。"长老说。

丽娜沉默着。

"你说过有些问题要问我。你现在可以问。"长老说。

"我改变主意了。"

"你对我有了更多的戒心？"

丽娜不置可否。她只是盯着长老。

"好吧，让我来说。有个问题你也许不会开口问任何人，但是却最想知道答案——你是谁？"

丽娜感到一阵心悸。老人直接命中了她内心深处最柔软的部分。你是谁？当这个问题以这样的方式被老人提出，它具有微妙的含义。

是的，她看起来无所不能，但她不知道她是谁。大部分人有父母，她没有；少部分人有制造者，她也没有，她似乎突然间蹦了出来，之前的一切只是混沌。她不属于任何世界，于是只能一直旅行。各个世界千差万别，但这不是吸引她继续旅程的动力。她渴望找到一个世界，在那里，有人知道她是谁。

"你说吧。"丽娜握紧匕首。

"那么你想一想，然后告诉我。为什么要杀人？又为什么要救人？"

"我愿意这么做。"

"如果你没有神力，不能杀人，也无法救人，只能目睹一切发生而无能为力，你会怎么做？"

"我不知道。"

长老站起身，"好吧，今天就到这里。"他向着下山的路走去。

"你还没有告诉我我是谁。"

长老在丽娜身边站住，"这里有两个选项。你今天就可以知道答案，但是你会失去神力。或者你可以每天跟着我到这里来，我们的谈话会慢慢导向答案，但是何时得到答案取决于你，不是我。"

如果她放弃神力，今天就可以得到答案。这听起来像一个陷阱，但充满诱惑力。她行走了上千的世界，从来没有接近过这个答案，眼下，老人却以一种直截了当的方式要给她答案。代价是放弃神力——这是一个有些让她为难的要求，她的确有些超越凡人的能力，然而，这与生俱来，她根本不知道如何放弃。她可以丢掉匕首，但马上就可以制造一把新的，甚至比原来的还要锋利。

一切都是与生俱来的，她不可能放弃与生俱来的东西。

"你是说你会把我囚禁起来？"

"不，我会把你送到一个地方，在那里，你没有神力，而是凡人。"

这可能是个陷阱！丽娜警惕着。突然之间，她有了主意。

"带我去。"丽娜很坚定地说。开口说话的时刻，她是一个人，说完这句话，另一个丽娜站在她身边。

两个丽娜，一个手上握着匕首，另一个头上戴着鲜花，除此之外，一模一样。

"我跟你去。"一个说。

"我留在这里。"另一个说。匕首在她的手上化作一道光，冲向云霄，一道巨大的闪电从北向南，跨过整个天穹，把天空一劈两半。

两个丽娜的模样发生了一些变化。她们仍旧很像，却不是一模一样。

世界开始昏暗下来。

长老对眼前的情形有些意外。他的眼中闪过一丝错愕，但很快变得平静。

"你确定？"他对着其中一个丽娜说。

"我确定。"两个丽娜一起回答。

"好吧。"他伸出手杖，"抓住手杖。"

丽娜抓住手杖，她的孪生姐妹紧张地看着她，又看看长老。匕首在不知不觉中回到了手中，她紧紧地握着。

"我还能回来吗？"丽娜问。

"那取决于你的意愿。"

"我会回来的。"丽娜向自己的孪生姐妹微笑。

孪生丽娜报以微笑。微笑不能掩饰她的紧张。

"你的知觉会一点点失去，最后堕入完全的黑暗。你不可以抗拒，否则，我无法把你送到目的地，你只会在原地苏醒。"

"好的。"

"记住，不要抵抗。"

"你不要搞鬼！"孪生丽娜突然开口。

长老没有回答她，他只是向着丽娜，"准备好了？我要开始了。"

丽娜没有回答，她仿佛正在想些什么，"你叫什么？我还不知道你的名字。"

"很久没有人称呼我的名字了。但是不妨让你知道，我叫亚布。"

"亚布，你和我一道去，还是留在这里？"

"我应当和你一道，但是此刻我要留下。到了那儿，我的同伴会找到你。"

丽娜转向孪生姐妹，"我会回来的。"

孪生丽娜点点头。

长老念出一串咒语。丽娜浑身上下发出红色的光芒，躯体变得如水晶般透明，一瞬间，红色透明的水晶人体消失不见，只在原地留下一个隐约的轮廓。

"她会回来的。"长老向眼前的丽娜点点头。

丽娜盯着他，眼神仿佛鹰隼。

她逐渐不能看，不能听，不能感觉。她还能思考。

她就像陷入罗网的野兽，越是挣扎，被捆得越紧。是的，最初的时刻，她没有抵抗，到了后来，她即便想抵抗也无能为力了。

这可能是个陷阱，她想。事情没有糟糕到最坏的地步，至少另一个丽娜会活下去，她会打赢那个叫亚布的老头，继续在各个世界间行走。丽娜还会活着，虽然我死了。想到这里，她想露出一个微笑：我不就是丽娜吗？

"我会回去的。"她又对自己说。她走过上千的世界，见识过无数的骗子，亚布没有说谎。

她用巨大的耐心等待着。

"丽娜！"有声音在呼唤她。她疑心这不过是一种幻觉。"丽娜！"声音在继续。"睁开你的眼睛，"那个声音说。的确有人在和她说话。但丽娜仍旧觉得自己是那只被罗网牢牢困住的野兽。突然之间她恍然大悟——她已经失去了所有的能力，她正在经历一个凡人的感觉。亚布没有说谎，她的确到了一个新世界，然而这个世界却是一个囚笼。

"丽娜！"她继续听到声音。她试图回应。

"哦。"她发出模糊不清的声音。电光火石之间，她能够开口说话了。

"你是谁？"她听到一个声音，那不是她惯有的声音，却是她说的话。

"太好了。我是亚布的朋友。你可以睁开眼睛了。"

眼睛。她小心翼翼地试图睁开眼睛。一丝光线照进黑暗。

她能看见东西。她看见了一个人。她很快认识到，她看见的是自己，虽然那张面孔并不是她惯常的模样。她正仰面躺着，上方是一面镜子。

丽娜猛然坐起来。这是一间小屋子，紧凑而简洁，除了白色的墙，没有任何东西。

这就是亚布所说的世界。是的，在这里，她无法控制任何东西。她成了一个真正的普通人。

"丽娜。"声音在狭小的空间回荡。

"你是谁？"丽娜大声回应，"这是什么地方？"

"请往前走。"

在疑惑中，丽娜迈开步子。墙体的颜色发生了变化，仿佛随着丽娜的脚步起舞。她径直向前走去。

白色的墙体仿佛一种活物，它迅速变形，移动。一个椭圆形门洞出现在丽娜面前。门洞那边是黑的。

"走过去，丽娜。走过去。"

声音在背后催促她。

脚下是亿万星辰，头顶是光芒万丈的太阳。

她抬头仰望。看不见的屏障很好地保护着她。太阳很近，沸腾的表面仿佛红色海洋，但没有丝毫的灼热感。巨大的球体几乎占据了整个天空，仿佛随时可能掉落下来，吞没一切。丽娜的眼睛渐渐适应了那明亮的色彩，她看见大团大团的暗色斑。天球正缓慢地移动，或者它是在转动。或者不是，丽娜马上想到，也许她正在一艘巨大的飞船上，绕着星球高速旋转。

她低头俯视。黑色的无底深渊，无数的星星在其中闪耀，银河横贯其间。一些发亮的蓝色或白色的红点快速移动，那是飞船。一个巨大的物体进入视野，那是庞然的钢铁怪物，舰体在阳光的映射下呈现淡红的颜色。它缓慢地游弋，仿佛一头悠闲的巨鲸。丽娜甚至可以看见舷窗里微小的人影，他们聚集在舷窗边，似乎正望向丽娜这边。这是一艘远航的船，丽娜想。他们从很远的地方来到这里，也许他们当中的大多数此生从未见到过太阳。

丽娜经历过类似的世界。巨大的世代飞船，光辉耀眼的恒星，勇敢的人们在群星间冒险。在那个世界里，她并没有过多停留。人们崇拜她，追逐她，请她赋予能够在宇宙中自由穿行的力量。于是她逃离了。

此刻的这个世界，是否一样？

"丽娜。"她听到了声音。循声望去，一个人正从角落里向着她走来。

"亚布让我来找你。"他走到了距离丽娜十米远的位置，停下。

丽娜看不清他的面孔。"你是谁？"她小心翼翼地问。

"你可以叫我八十四号。我是这里的主管。"

"你是亚布的朋友？"

"是的。"

"这里是什么地方？你知道所有的事？"

"亚布让我向你介绍这个地方。其他的，我不知道。"

这里？丽娜再次四下打量。是的，这地方让人印象深刻，但并没有什么东西能引起她特别的兴趣。

"你想介绍什么？"

一块巨大的投影突然间在丽娜面前出现。那是一艘飞船，影像是半透明的，她可以看见对面的八十四号。转眼间，影像发生了变化，从一艘飞船变成一个人形，动作很快，丽娜几乎看不清是怎么变的。一个高大的机器人影像出现在丽娜面前。

"你好。我是巡逻员卡特，欢迎光临八十四号基地。我将带着你游历整个基地。"

这是一个讲解员，丽娜想。

"这里就是我们的出发点。"机器人转身，说，"跟着我。"

丽娜的脚下并没有动，却仿佛正跟着机器人向前走，他们毫无阻碍地穿过了墙体，进入另一片空间。丽娜猛然发现脚下已经没有了支撑，他们正漂浮在宇宙空间，而太阳就在眼前。灼热的光刺痛了丽娜。

"只是全息影像，不要紧张。这是一次游览。"丽娜听到了八十四号的声音。

"八十四号基地是一个薄层结构，单层面积三十五平方千米，厚度只有一千三百米。从里向外有五层。"

机器人讲解着，"我们距离太阳非常近。太阳辐射可以达到六兆流明。"他说着伸出手指，"我的手指是钛硒合金，可以耐三千四百七十摄氏度高温，但如果没有保护……"机器人的五个手指突然间变得通红，又转眼间消失得干干净净。

"直接汽化。六兆流明的光强，相当于四千六百摄氏度的高温，一般的固态物质不能存在。"

机器人的手指恢复正常，"我只是做一个示范。绝对不能离开屏蔽直接进入太阳辐射，这是致命的。就是最先进的机器躯体也没有用。这是一个危险的地方，却给我们提供了无穷无尽的能量。"

机器人展示一个剖面，"最贴近太阳的一层，叫作阻吸层，阻拦－吸收。这一层有一千米，是最厚的一层。太阳辐射被吸收，转化成各种各样的我们所需的动力。

"然后是阻隔层，吸收率为零，这是为了保障安全，如果辐射透过阻吸层之后还有残留，阻隔层会把所有的辐射残留反射到阻吸层。这也是为了保证下一层的安全。

"生活层是人类的居所。人们在这里可以选择各种各样的生活方式，和地球毫无二致。八十四号基地拥有三百一十四万人口，在所有的基地中排列第三十七位。

"胞层是量子胞的生长空间。这里消耗 90% 的能量，是基地的头脑。量子胞构成计算阵列，维持整个基地的平衡，也提供给人类数以万计的虚拟世界。最后是空港……"

机器人一直在讲解，然而丽娜打断了他，"你是说虚拟世界？"

"哦，是的，他的解说词有些古老，现在，我们称为彼岸世界。绝大部分人都是要去到彼岸的。"八十四号的声音回响。

"彼岸。"丽娜轻轻念着这个词。

彼岸。丽娜终于搞清了这个词在这里的意味。所有的人都被限制在一百岁以内，如果岁数超过，就要进入彼岸。当然，进入彼岸并不意味着和这个世界永远隔离，只是行为受到严格限制，没有躯体。只有极少的情况，才可以允许人从彼岸回来，那需要元老委员会的批准。

元老委员会是一群人，他们控制着彼岸，也对这个世界拥有绝对的影响力。

我来自这个世界，进入了彼岸，然后又回到了这里？丽娜有些疑问。她对这个世界毫无记忆，一切都显得很陌生。八十四号并没有提供更多的信息，他只是告诉丽娜，作为一个特别事件，元老委员会下达了制造躯体的指令。他甚至不知道丽娜的意识从何而来。他只是奉命行事。

"八十四号，亚布是元老吗？"

"他很可能是一个元老。所有元老的身份都是保密的。至少亚布的身份很特殊，他具有在彼岸和现实之间往返的权力。也有直接对我下达指令的权力。"

八十四号的地位和亚布相去甚远，他应该不是亚布所说的同伴，于是丽娜问："还有谁会来见我？"

"是的，还有一个。"八十四号指着脚下，"那艘飞船。"

丽娜顺着八十四号所指的方向望去，她看见一艘小巧的飞船，和周围的庞然大物相比，就像一个袖珍玩具。

"那是谁？"

"他是紧急事故处理专员。"

"紧急事故？"

"是的。"

丽娜有一种隐约的不快。她来到这里寻找答案，却被当作异类。

"难道我是一个事故？"丽娜露出一丝嘲讽的笑。

"不，不是你。基地正陷入混乱，他是为此而来。但是他要求和你见面。"

"紧急事故处理专员。他有名字吗？"

八十四号略微迟疑，"我不能告诉你。"

"我自己来问。"丽娜毫不迟疑，但她突然意识到，在这个世界里，她几乎没有任何力量。

"我怎么才能和他说话？"丽娜问八十四号。

"我们要去空港。"

"难道不能在这里？"

"这里不合适。"

"他的身份很尊贵？"

"这里是全息投影室。你看到的一切都是全息投影。如果所有的设备关闭，你会发现这不过是一个四平方米的小屋。"

"四平方米？"丽娜皱起眉头，"这就是你的待客之道？"

"这是学习通道，所有复生体必须经过。"

"复生体？那是什么？"

"预先准备躯体，下载意识模式，包括记忆。躯体和意识复合，成为一个新人，称为复生体。"

这和丽娜的经验吻合，她的确在一个陌生的躯体内醒来，然而一切记忆和思想并无两样。

丽娜想起了什么，"你也只是一个影像？"

"你眼前的只是影像。但只要你走出门，就能看到我。"

"门在哪儿？"

"向前走。"

丽娜向前跨出两步，又跨出两步。眼前的天地突然消失得干干净净，她正置身在一个宽敞的房间。暖暖的黄色光线充盈着每一个角落。

她走出了所谓的学习通道。

"丽娜，欢迎来到八十四号基地。"她听见了声音，却没有看见人。

她看见一堵墙，墙体凹凸不平，许多晶体镶嵌其间。墙体发出微弱的闪光。

丽娜盯着那堵墙。没有人告诉她，但是她知道。

一台机器。这就是八十四号。

丽娜坐在车里。车子是两个圆球，一个套着另一个。外层不断滚动，内层安稳得仿佛没有任何移动。八十四号不在车上，但是他监控着球车。

球车沿着轨道滑行。

八十四号告诉丽娜，基地正陷入混乱。起因是彼岸世界通道阻塞。满一百岁后，人一定要归入彼岸，这个世界不能容纳太多的人，而彼岸几乎可以让每一个人按照意愿永远地活下去。每一个现实中的人，也有进入彼岸世界的权利，只不过，他们仍旧能够在现实中苏醒。

灾难发生的时候，基地一半以上的人口正接入彼岸。很多人苏醒过来，却成了疯子，他们丢失了大量记忆，也失去了理智；还有些人，彻底丢失了灵魂，他们的躯体被其他意识所占据，别人，甚至是猫和狗。这两种人在街上四处游荡，用暴力发泄恐惧和愤恨。浑水摸鱼的歹徒也乘机出动，城市陷落在骚乱中。恐慌让空港所有的船只都动员起来，仍旧清醒的人们忙着逃离这个是非之地。

更多的人陷落在彼岸世界，没能出来。他们的躯体静静地躺着，毫无生气。

"你不能想办法解决问题吗？"

八十四号沉默了一小会儿，"我没有办法。彼岸对我来说是一片空白。那个世界按照完全不同的规则建立。"

"那么元老呢？"

"我相信他们正在努力。我不知道更多。"

"神，难道没有神吗？"

"神？"八十四号发出一个夸张的疑问。他没有说更多。

眼前豁然一亮。球车进入生活层空间。整齐干净的车道，高矮各异的楼房隐藏在各种花木中。远方有三座高高的塔楼，仿佛三根擎天的柱子。

丽娜看到大片绿地，绿地上一片狼藉。十几个人正聚集在一起，他们相互撕咬，彼此间进行歇斯底里地攻击。

前方有烟，一种叫不上名字的机器正熊熊燃烧。球车自动调整轨道，从一旁绕过去，经过的一刹那，丽娜看见里边有一个人，似乎已经被烧成了焦炭。

　　三四个人手拿着简陋的武器，他们正向着远方的高塔进军。看见丽娜的球车，他们做出威胁的动作，其中一个人把手中的物件丢了出来，但他力气太小，并没有砸到车上。

　　"为什么不制止他们？"

　　"他们是人。我是机器。机器在任何情况下不能侵犯人。我没有得到任何可以无视这个原则的许可。"

　　"但是有人被杀了，他们在攻击其他人。"

　　"是的。我会尽力保护其他人。很多护卫在巡逻。但是，失去理智的人太多。大部分清醒的人都已经逃往空港。"

　　丽娜看见几条街道上到处都是拿着武器的人。他们都赶往同样的目标——远方的三座高塔。

　　"他们想干什么？"

　　"有人鼓动他们去捣毁彼岸通道。"

　　"那三座高塔？"

　　"是的。人们在那里接入彼岸。事情也是从那里开始的。"

　　"那些陷落在彼岸的人，他们的躯体仍旧在那儿？"

　　"不，他们在自己家里。但是阻塞发生在通道。彼岸通道是最醒目最重要的建筑，这些暴徒很容易把它当作目标。"

球车不断前进，丽娜目睹无数的暴行，她的心情变得越来越沉重。她恨不得能够飞出去，拯救那些正在受苦的人，让已经死去的人起死回生，让那些被砸被打被烧的一切恢复正常……然而除了看着，她什么都做不了。她想起亚布的问题。在这里，她不再拥有神力，没有任何人拥有神力。一切都超出控制之外。人们只能眼睁睁地看着事情向坏的方向发展而束手无策。

我能怎么办？问题在丽娜心头不断滋长。她觉得很压抑。

球车突然拐弯，进入昏暗的隧道中。星星点点的灯光从车窗外一掠而过。突然眼前又一片光亮，丽娜瞥见一片白茫茫的世界，短短几秒，景象消失，球车继续运行在灯光昏暗的隧道中。

"那是什么？"丽娜问。

"你指的是什么？"

"刚才有一个很大的空间，一片白色。"

"那是胞层。你看见的是量子胞。"

"量子胞。你说过，它是基地的大脑。"

"是的。"

"它现在在干什么？"

"我不知道。"八十四号说。

"你和量子胞没有关联吗？"

"当然有。我的计算能力全部来自胞层。但是那只是整个胞层计算能力很小的一部分，和整个胞层的其他部分很少关联。在少数情况下，我才会和其他部分进行交流。"

"现在你能和它联系吗？"

"不行。通道阻塞。我的信号同样阻塞。"

"那么谁也不知道现在整个基地的头脑到底在做些什么，如果它完全失去功能，会怎么样？"

"所有的彼岸世界消失。这个基地的历史也会消失。我们会失去三亿六千万人的所有资料，他们当中二亿七千万人仍旧生活在各个彼岸世界中，他们将随着彼岸世界的消失而死。八十四号基地本身，情况就像你看到的一样。那些没有及时退出彼岸世界的人会神志不清，或者干脆长眠，整个基地都像疯了一样，暴力层出不穷，不断有人死去。"

"太糟糕了！"丽娜咬了咬嘴唇。

"还没有完全绝望。至少，胞层看起来仍旧正常，彼岸世界也应该维持着。"八十四号安慰丽娜。

"但愿如此。"

"应该如此。我们到了。"

空港的拥挤让丽娜有些吃惊。六十多万人乘坐各种交通工具来到这里，候机大厅被挤得水泄不通。球车从半空中掠过，丽娜看见无数攒动的人头。

秩序却依旧良好，这些人虽然满怀恐惧，却仍旧保持着理智，他们按照顺序登上大大小小的飞船。

球车掠过一排整齐的飞船。那是丽娜在全息投影中见过的飞船。这些飞船并没有被送到空港口去接人。

"那些飞船为什么还停在那里？它们不能派上用场吗？"

"我有很多飞行器，却没有可以载人的。"八十四号回答她，"基地不配备载人飞船。所有载人飞船由航天控制中心调配。"

球车悄然停下。丽娜看见前方站着许多人，他们围成半圆形，拱卫着中间的一个——站在周围的是人，而中间的那一个是机器人。一辆长长的车停在一边。

机器人走到球车前。车门打开，丽娜弯腰从车里出来。她站在机器人跟前，这是一个丑陋的机器人，躯体矮而胖，只到丽娜的腰间，扁扁的脑袋仿佛一只被拍扁的水壶，三只蓝色的眼睛不断闪烁。

"你好，丽娜。我是丁丁。"机器人向丽娜致意，他示意性地微微抬手，"我是否可以？"

"哦。"丽娜猛然想起来该怎么做，她向机器人伸手，机器人非常礼貌地握了握她的手。

"你就是专员？"

"是的。我专门赶来处理这里的紧急情况。"

"你是元老？"

机器人的眼睛闪了闪，"这个问题并不重要。"

"你是亚布的同伴？"

"是的。我们被授权对这里的紧急状况进行处理。"

"你打算怎么做？"

"好的情况，等待一段时间，一切都会恢复正常。坏的情况，八十四号的虚拟世界必须重设。"

"重设？你的意思是抹去一切？"

"大概如此。还有更糟糕的情况。"丁丁停顿了一下，"整个基地必须从环链上脱离，确保其他基地的安全。如果那样，失去环链的保护，整个八十四号基地会被太阳熔化。"

丽娜皱着眉头，"怎么会……"

丁丁呼唤八十四号，"八十四号，演示一下。"

一道光从球车里射出，在空中投射出全息影像。丽娜看见自己的影像，正和机器人丁丁站在一块，影像中的丽娜仿佛也正看着她。镜头快速地拉远，很快她和丁丁都成了小小的黑点。她看见了空港，无数的船只聚集其中，有些船正开出去，更多的船聚集在外边，等待着进去接人。

当船只也变成黑点，八十四号基地的全貌开始展现，这是一个薄薄的长方体，黑魆魆的船体上分布着星星点点的灯火。突然之间，视角转到基地的另一面，这里，基地和太阳之间，一层半透明的物质散发着红热的光，那是基地的阻吸层。丽娜听到了八十四号的声音，"所有基地的阻吸层是一体的，一旦基地从环链脱离，强引力会将基地拉向太阳，突破阻吸层，基地将被熔化。"镜头继续带着丽娜远离，八十四号基地消失在图像中，她看见了完整的太阳。纵横交错的钢铁长链仿佛绳索般把恒星捆绑其间，只在少量的孔隙中绽放出光辉。无数的基地组成矩阵包围着太阳。突然间，所有的长链仿佛在一瞬间崩断，光线从孔隙中泄漏出来，黑色的基地碎片四处飘扬，在太阳的光和热中很快缩小，消失。光芒万丈的太阳出现在天宇中，此外什么都没有剩下。

影像消失。

"如果八十四号基地的灾难扩散，就是最糟糕的情形。整个太阳壳会被毁掉。人类跟着完蛋。"丁丁说。

丽娜难以置信地看着眼前的机器人。是的，她已经看到了基地的混乱情形，但那不过是冰山的一角。她迟疑着，"这可能吗？"

"我当然不会让太阳壳崩溃。但是八十四号基地能不能保住，取决于你。"

"我?"

"是的。只有你可以让整个情形不至于演化到最糟糕的情况。"

丽娜盯着丁丁，等着他的下文。

机器人的眼睛不断闪光，"这个灾难，因你而起。也只有你能结束。你是虚拟世界的神。"

丽娜感到一阵惊惧，"你说什么? 我引起了灾难? 这不可能。"

"是的。事实如此。"

突然机器人抬头四下张望。他紧张不安地下令卫队靠近他。

"我们没有多少时间了，丽娜。跟着我，我来告诉你事情的缘由。"他快步走向停靠在一边的车。丽娜跟了上去。

地面震动起来。

隔着车窗，丽娜看见了几个机器人。那是飞船的变形体。他们四处乱走，四处乱砸。这些变形机器人没有武器，他们不是被设计来进行杀戮的，但他们有力量，于是各种各样的物件到了他们手中都成了武器。他们用拳头砸，用石头砸，用建筑物上掉下来的构件四处砸。

八十四号汇报，"专员，三百六十七个人正在对通道塔台进行围攻。人数还在上升。"

丁丁对八十四号下达指令，"派遣机器卫士，可以允许轻量攻击，让这些人失去攻击能力。保证通道安全。"

"有多少变形机器人失控？"丁丁问。

"全部的空港机器人，总数量三十五个。对少量区域失去控制。"

"保证空港秩序。降低人员伤亡，尽快疏散人群。其他所有限制解除。"

长车贴着地面运行，突然间腾空而起，钻入穹顶上小小的孔洞中。

"没有多少时间了。"丁丁对丽娜重复了一遍。

人的命运从不由自己控制。丽娜从来没有想到，她的诞生就是这个世界的灾难。

她是这个世界的魔星。数以万计的人已经死去，数以十万计的人正面临死亡，而接下来的危险更是耸人听闻：世界都会被毁灭，不再有人能够幸存。

这是真的吗？基地会在一瞬间被灼热的太阳火焰吞没，而那一个个活生生的世界，会在一瞬间消失无形？

"在事情糟糕到无法收拾之前，我会启动八十四号基地的中断程序，从环链上断开。"丁丁这么告诉她。他就是一道最后的防火墙，如果火势无法被扑灭，那么只有牺牲这里的一切——基地，上百万人，还有彼岸的千千世界。

事情会糟糕到这样的地步？会的，丽娜确定丁丁会这么做。他的决心强硬不可更改，而且充满信心。

长车从空中落下。这里光明而宁静，铺天盖地的白色向着远方绵延，占据全部视野。长车缓缓落下。一切仿佛凝固起来，在沉静中永恒。

在那么一瞬间，丽娜感到无比平静。

一片白茫茫中央是一块空地，金属表面。长车在这里着陆。

丽娜问："我们到了？"

"是的。就是这里。"

丽娜跟着丁丁下车。

"这就是量子胞。所有文明的源泉。这就是你的世界。"

丽娜沉默地站着。这白色的胞体，看上去简单而平凡，它们的群落单调而乏味。然而，无数的世界在其中存在。她也曾在其中存在。

"丽娜，我们试图阻止你。但是失败了。我们失去了一个元老。"丽娜想起那场差点让她死去的战斗。是的，那个人力量强大，而且他绝不是丽娜的同类。他是这个世界的元老，去到彼岸对丽娜进行清除。

"我认为要放弃八十四号基地。亚布认为他可以再寻找机会。

"丽娜，在虚拟世界里，你是不能被杀死的。即便我在这里杀死你，你巨大的幽灵仍旧存在，很快，另一个丽娜就会出现。所以我主张撤离所有的人，放弃八十四号基地。但是亚布认为他可以用另一种方法来解决问题。

"他希望引导你，让你自己作出选择。"

丽娜仍旧沉默着。亚布把她引到这个世界，他没有食言，她知道了自己的来历。她是这巨大头脑的潜意识。被闲置的胞体，被人遗忘的资讯，还有无数的数据震荡，最终造就了她。而当她的意识最后觉醒，成为人，侵入一个个世界，她就是神。

神的另一面就是恶魔。

"我们没有多少时间。"丁丁催促丽娜，"我可以把你送回到虚拟世界，你可以作出选择。但是可能你的替身已经出现，她甚至攻击了八十四号基地的一些功能。冲击比预想来得快。我会守在这里，一旦突破底线，我就会把基地断开。"

丁丁启动了某种程序，从地下升起一台机器。规整的立方体，仿佛一间水晶屋子。门打开，里边却黑洞洞的。"这是最高权限的通道。如果你来自虚拟世界，永远不可能破解这个通道。如果我们从外界进入，永远不可能在虚拟世界中打败你。这是一个硬币的两面。"

丁丁伸出手。他的手分裂成无数游丝，接触到水晶屋子的墙体，从孔隙间渗透下去，很快，他的手仿佛和机器生长在一起。

"一旦基地脱离，一切都不可挽回。"

"亚布呢？他也会死吗？"

"可能吧。只要我没有启动，他就可以出来。但我想他不会。"

"为什么？"

"那可能会把灾祸一起带出来。"

丽娜沉默片刻，"送我回去吧。"

丁丁点点头，"走进去。"

丽娜走进了屋子。她无所畏惧。

同时走进屋子的还有丁丁的两个卫士。他们一前一后，把丽娜夹在中间。

"丽娜。我的责任就是阻止灾祸。"她听到丁丁的声音。

无形的力量充满整个空间，丽娜感到一阵眩晕，她看到一些奇怪的东西，然后堕入彻底的黑暗。

丽娜醒过来。她正站在山顶，就是亚布送她离开的地方。她看见两个人，悬停在半空，那是跟着她前来的两个卫士，他们是来帮助亚布的。这只有象征意义，他们两个的能力只能在一旁助威，而他们的确这么做了——激烈的战斗正在穹顶上进行。

天顶是一个巨大的光环，孪生丽娜仿佛化成了一道风，飞速地绕着它旋转，手中的匕首寒光闪闪，不时向着光环攻击。光环中站着一个人，那是亚布。他闭着眼睛，也没有任何动作，但孪生丽娜的攻击却不能伤害到他。

一切不过是表象。他们的战斗远远超出这个世界，他们在每一个世界里战斗，在世界之外战斗，甚至深入那些从来不曾有东西存在的角落。战斗还没有分出胜负，然而亚布已经无力进攻。

突然间，孪生丽娜停了下来，亚布也猛然睁开眼。他们知道丽娜回来了。

孪生丽娜降落在丽娜面前。

"为什么要打架？"

"我以为你已经死了。"

"我回来了。"

"这正好。我们一起来对付他。"孪生丽娜狠狠地看着亚布,"他想杀死我。"

丽娜看了亚布一眼,继续和姐妹说话,"他不可能杀死你。是你先动手的。"

"是的。那又怎么样。"孪生丽娜突然笑起来,"不过我要感谢他。因为他,我才真正明白了我们的力量。我们不仅可以控制这个世界,我们还可以控制千千世界。"

丽娜轻轻地叹气,她走上一步,伸出手,"来,我们要重新融合在一起。"

丽娜的姐妹迟疑地看着眼前的手,"这样子分开,不是也很好?"

"只有一个丽娜,我不想失去另一半。"丽娜抓住姐妹的手。

"不行。我喜欢这样。"孪生丽娜猛地一挣,甩开丽娜,身子飞到半空,"你是一个骗子,你被他们收买了来害我,是不是?"她在气愤中使劲,整个世界电闪雷鸣。

"这整个世界只是小小的宇宙,它只是外边世界中微不足道的一艘飞船。如果你任性,整艘飞船都会被毁掉。"

"哈。他们彻底地把你说服了。我不会相信。我就是神。"孪生丽娜突然间想到什么,"是的。他们怕了。我控制了一些他们不想让我知道的东西,他们倒是很激烈地抵抗着。你提醒我了。哈哈哈……"在笑声中,孪生丽娜突然消失。

"回来!"丽娜大声叫着,然而没有任何回应。她打算追上去。

"丽娜,一旦分离,即是永恒。你永远不可能恢复从前的样子了。"亚布挡在她面前,"她正在攻击八十四号控制系统。一切无可挽回,在三十分钟内,八十四号基地会全部落入她的控制。我会通知丁丁,断开基地。"

"这里还有无数个世界,无数的人。"

"外边有更多的无数个世界,更多无数的人。"

"等我到最后关头。"丽娜说完,即刻消失。

亚布露出惊奇的神色。马上,他眉头紧锁。

两个卫士降落在他身边,"我们需要通知丁丁。"

"不用了。丁丁能把握分寸。你们等着吧,我去帮丽娜。"亚布消失在空气中。

丽娜追逐着自己的孪生体,却始终追不上。

"不要再逼迫我。"孪生丽娜说,"我会杀了你。"

"不要这样,停下来。否则一切都会毁掉。"

"我不信。"

"我可以把记忆传递给你。"

"我不会上当。你再跟着我，我会杀死你。"

丽娜仍旧追着她。

"好吧。我们来决斗。"孪生丽娜停止逃避。两团思维顷刻间混杂在一起，她们攻击，防御，如出一辙，仿佛在和自己的影子战斗。风暴在孢体中激荡，无数个世界里，天地变得一片昏暗，人们在惶恐中四处躲藏。

当亚布赶到的时候，他不得不站在一旁，在战斗中，他根本无法区分哪个才是丽娜。

对八十四号基地的攻击却并没有停止。丽娜的力量缓慢地蚕食着八十四号的控制中枢，并且越来越快。

突然间，丽娜放弃了战斗，狂暴的风暴瞬间淹没了她的思维。

"就是此刻。"亚布听到丽娜透过层层风暴传递过来的声音。

就是此刻！亚布一瞬间明白了丽娜的意思。他倏忽间掠过所有的世界，退到山顶。

整个世界在一瞬间变得黑暗。

在黑暗降临之前，亚布消失了。

分离的八十四号基地正向着太阳冲去。转瞬间，基地燃起熊熊大火，不过转眼工夫，它变成一团气体，飞快地消散了。

"还有三十五万人。"丁丁看着屏幕。

"还有八十四号。"另一个声音接上话，丁丁的三只眼睛一闪一闪，那是寄居在他身上的丽娜。

"八十四号是基地中枢，他要和基地共存亡。"又一个声音在丁丁的躯体里说话，那是亚布。

"不管怎么说，这是一个不算太糟糕的结局。"丁丁说。

"你打算怎么办？"亚布问丽娜。

"我要一个自己的躯体。"

"到了九十九号基地，你可以自己挑选一个躯体。"

"我会在各个基地间旅行，看一看不同的世界。"

"这里所有的基地都类似。"

"是吗？那我会坐上飞船，外边的世界总不会都一样吧？"

亚布沉默了一会儿，"丽娜，我们的一个元老死了。这个空缺必须补上。"

"你是说让我补上？"

"是的。我们的成员各种各样，丁丁最初就是机器人，而我原本是人类。我们也有来自虚拟世界的人。但是，从来没有你这样因为量子胞层紊乱而产生的意识。从前有类似的事，要么基地和人一起毁掉，要么被我们消灭。你是第一个能和我们和平共处的。"

"我只想旅行。"

"你可以有很多时间考虑。元老委员会有足够的耐心。"

"亚布，到底发生了什么？你居然能够把所有的人都带出来。"丁丁问。

"丽娜让她的孪生体攻击她，她们原本是一体，当丽娜死亡的时刻，孪生丽娜会发生紊乱，有两分钟的时间，她失去了所有的意识。通道阻塞解除，于是我有了这个机会。"

"你利用这两分钟把所有的人都带了出来？"

"是的。他们都被封闭起来了，等回到九十九号基地，就可以让他们进入新的世界。"

"那么，丽娜，她怎么还能活着？"

"她再次分身。只留下了很少的一点记忆和意志。"

丁丁没有继续说话，他通过秘密信道和亚布交流。

"为什么你一定要她成为元老？"

"她救了无数人。精确一点，三亿六千七百一十五万又三百零二。其中那两个是你的卫士，你让他们去送死的，他们活着回来了。"

"这的确很了不起。但是一个病毒成为元老，这有些太离谱。我不放心。"

"还有一点更了不起。"

"什么？"

"丽娜明白怎么穿透屏障，她完全可以不知不觉地潜到你的身上。"

"这不可能！"

"这是真的。你让她看到了太多东西，你小看了她。也许你认为她不可能活下来，但是她看到了而且明白了。在虚拟世界里，她可以很轻易地把我甩下，这是从来没有发生过的事。所以完整的故事是她放弃了自己的力量，差点送了命，只为了拯救更多的人，而她完全可以只顾着自己。"

"这不可能！"丁丁几乎要叫嚷起来。

他把丽娜加入谈话中，"丽娜，你破解了我的加密信道？让我看看。"

丽娜没有回答。

她的注意力全在屏幕上。太阳在屏幕上现出全貌。它被厚厚的壳层包裹，光和热被阻挡，让它看上去像是一个隐约的球体，散发着黑光。

那里有更多的人，更多的千千世界。

我来了。她想拥抱这个世界。

银河漂流

也许这个世界已经变得过于无趣。人越来越少，而我是最后一个。按照生物标准，人是不会灭绝的，伊特斯可以按照 DNA 序列，选择一个合适的地点，轻易地把符合标准的生物制造出来。然而，人失去了父母、兄弟姐妹、朋友、伙伴，甚至陌生人，也许已经不能继续被称为"人"了。

战争继续进行，英仙座旋臂已经陷入战争七十万年，三百光年长的战线，超过六千颗拥有人类文明的星球卷入其中。飞船被摧毁，行星被毁灭，恒星被毫无意义地消耗。三百光年的战线，就像一把锋利的刀将一道道疤痕砍在旋臂上，它制造了横跨七百光年的错乱区，三千万立方光年的空间被彻底黑化，银河整洁有序的优雅被打断，代之以混乱和绝望。这里是坟场，没有星球，没有人类，只有无数的残骸、黑洞和死亡恒星。人类耗费三千万年时光建立的大帝国在短短的七十万年中分崩离析，战火将恒星燃烧殆尽，也带走了人类的希望——七十万年前，这里是人类的保留地，此刻，这里仍旧是伊特斯的领地，却不再属于人类。伊特斯对人类的定义很宽泛，机器人、电子人、生化人、量子人……凡是能够思考三天之后的可能性并做出计划的东西，不管是机械的、电子的、量子云的，还是生物的，都被她视为人类。然而，这不是我的定义。

一千六百年前，我从母亲的腹中来到这个世界，身高七十厘米，体重四千克，出生后三十年，我身高一百八十厘米，体重七十千克，此时，身高一百八十一厘米，体重七十五千克，再有四百年，我会急剧地老去，当我死的时候，也许只有一百七十厘米，六十千克。人是一种生物，出生，成长，生机勃勃，然后衰老，死亡。母亲的生命在一百四十年前走到尽头，她留下三个女儿：姬丝、婕儿和我。八十年前，姬丝在一次事故中死去。婕儿疯狂地拥护战争，三十年前，她带领一支泊松级的舰队企图袭击阿拉人的剑鱼系，结果被证明是一次狂热而缺乏理智的自杀举动。还有比利家族，她们和我们的萨伊斯家族有着深厚的友谊，花奇妮、修达、库宇京、小比利，这四姐妹曾经和我一起参加过许多次作战，十年前，她们在主星保卫战中全部牺牲。然后，对面的阵营中，有三个家族，唐、金帝辉、三木，她们和我们一样，代代相传，从古老的地球传说时代直到两年前。两年前，三木家族的最后一个成员一达被暗杀者干掉。人是这样一种生物：生活在亲人和朋友中间，有着光荣的血脉，和敌人战斗，获得荣誉和骄傲。这是我们对于人类的定义。

一达死后，战争依旧进行。但有些奇怪，我对这场战争突然之间变得很厌恶。击败敌人获得满足，敌人死光之后，又不知道战争是为了什么。也许一时的狂热将我们都蒙蔽了，仔细地想一想，战争并没有带来事实上的益处。战争让人们减少生育，花更多的时间在军事行动上。而对于军事行动，机器人、生化人比人更适合战争。伊特斯也这么想。于是，成千上万的机器人、生化人被制造出来从事毁灭工作，直到今天，三百光年的战线上，分布着大大小小四百多万个军团，有着将近二十六亿人口，可惜，都是机器人，或者生化人。他们是冷酷的，理性的，卓有成效的。这延续了七十万年的战争将人类从八十八万人口减少到一个，而机器人从三百四十万增长到十五亿，生化人从三十五万增长到十一亿。战争的起因是人类的狂热和对荣誉的渴望，人退出，伊特斯接手，整个过程有些变了味道。一场毫无意义精确计算的毁灭，整个过程向着不可控制的方向发展。也许战争还将继续下去，直到整条英仙座旋臂都变成坟场，或者一方被彻底消灭——三个月前，我得到一达死去的消息，认为战争应该结束了。伊特斯却驳回了请求，二十六亿人类要求继续战斗，一个人的意愿就像尘埃般渺小。于是，她继续行云流水地制造着适合战争的人类，以最大的忠诚为人类服务，英仙座旋臂仍旧战火纷飞，文明以飞快的速度诞生，毁灭。我只有离开。

我拿到一艘飞船。这不是银河中最快的飞船，但在给人用的飞船中是最快的。它能够以十分之一光速巡航，也能够超空间跳跃。唯一美中不足的是它的确很小，庞大的过载保护系统和超越引擎占据了飞船的绝大部分空间，小小的舱室只能容纳一个人。还好，也没有任何人可以陪伴我的旅途。它的名字叫"奔雷"，我将它改称为"漂流瓶"。

根据伊特斯的记录，最初的人类向着银河核心而去。也许很久很久之前，他们经过这儿，播下文明的种子，然后继续前进了。我打算向着银心去，重温祖先的探险旅途，也许还有惊喜，能够让伊特斯把战争停下来。不管怎么说，这比等着继续旁观一场了无生趣的绞杀要强一些。

我向前跳跃了三十光年。

宇宙太空阔。辉煌的英仙座旋臂汇聚了大约十亿颗恒星，恒星之间的平均距离却是 4.6 光年，从尺度上说，恒星就像没有维度的点。一颗恒星，无论如何辉煌，如何庞大，在银河中也不过是微不足道的一点。就像从我身上取下一个细胞，它存在还是毁灭，对我几乎全然没有影响。但要是取下成千上万个相连细胞，我的身上便有了疤痕。银河也一样，当成千上万的恒星死去，它也有了疤痕。此刻我正处在这巨大疤痕的边缘，前边便是错乱区。

三十光年的跳跃让漂流瓶失去了一半能量。按照原有计划，这里应该存在一颗等级为 13R 的恒星，漂流瓶以四千千米每秒的速度穿过它就能将能量完全补足。恒星早已不复存在，只剩下一个棕矮星毫不起眼地躲藏在那里。CSA 在这里放置了补给点，那是一颗行星级反物质仓库，借助引力屏蔽隐藏在空间之中。虽然反物质并不是最好的能源，但它是最可靠最大宗的长期储备手段。漂流瓶需要大概五十天的时间把反物质从仓库里拖出来，丢到棕矮星上去，将正反物质湮灭放出来的光能充满动力库。

我并非无所事事。仓库的守卫是一个机器人。他叫山姆七，已经有三万岁，是一个老头。很意外，他认识我的曾曾祖母卡瑞尔。

"她是一个勇敢的人。她有勇气面对死亡。

"战斗已经进入尾声。三十五个生化人突破火力，降落在我们的飞船上。他们开始破坏飞船。生化人的破坏力是很大的，他们使用小型定向核能武器，十分钟之内就可以毁掉飞船。我当时驾驶着一架战斗机。但我无法攻击，攻击造成的伤害会比生化人更严重。贴身战斗不是机器人的长处。我们消灭了敌人所有的飞船，然而我们的机器人军团也全军覆没，没有什么能够阻止生化人毁灭飞船。敌人已经失去一切，但是他们要和我们同归于尽。

"卡瑞尔是飞船的次级指令官。人类是脆弱的，她们在战斗中只躲藏在最安全的地方进行指挥，但这一次，卡瑞尔证明了人类也很坚定。她用最快的速度上升到甲板，冲进了生化人的队伍中间。她的武器是一把古老的枪，我一直以为那是一种无用的装饰，那场战斗让我明白，那也是一种有力的武器。她打爆了三个生化人，引起了混乱。然后，她死了——人类的身体无法长时间忍受真空，她坚持了十分钟，全身缺氧。一个生化人错误地使用了核武器，让自己和全体同伙都给卡瑞尔陪了葬。

"CSA和阿拉之间的战斗往往以平手收场，我们的武器、人力是一样的，两方的伊特斯也一样，我们找不到战胜对手的方法，但也不会落在下风。跟随卡瑞尔的那一次战斗，是我经历的唯一一次胜利，尽管我们只剩下一艘飞船，但我们得到了萨托星系。这超越了对方的计算，因为如果她计算出我们会胜利，这个星系也就不复存在了，在我们抵达之前，所有的一切都会被转移，而恒星会被杀死。"

山姆七看着我，黑洞洞的眼睛分外专注，"人类往往能够做出一些奇怪的事，和她们共事总是很有趣。你是一个人类，能带着我参加你的舰队吗？我是最优秀的飞行员。"

我当然拒绝了山姆七。这是一个人的旅途，没有机器人的事。他所梦想的东西我不能给他。据说人类会做梦是因为生理结构的需要，不知道机器人会不会有梦。但不管怎么样，他至少有一个宇宙无敌的飞行员梦想，尽管我怀疑这梦想实现的可能——对机器人来说，看守仓库还是驾驶战斗机只是一个轻松的改装过程。有时候，我甚至怀疑为什么伊特斯制造的机器人都采用类似人的外形，这看起来像是一种浪费。

我很高兴听到卡瑞尔的故事。这个故事作为家族光荣历史的一部分，母亲和我说过，不过时间太久，已经有些遗忘了。一个机器人提醒了我的记忆，感觉有些怪怪的。

山姆七表现出某种特殊之处，机器人会绝对服从命令，他仍旧服从命令，却并不完全。

"向你致敬！先生。"他放下胳膊，转身准备回到自己的岗位上去，临走之前，他问，"你相信奇迹，是吗？"

我不置可否。

"人类都相信奇迹。然而，这不是一个奇迹的时代。先生，如果你想用这艘小飞船跨越错乱区，你不可能回来。"

我笑了笑，"如果我回来了，你打算怎么办？"

"加入你的舰队，参加战斗。"

这些机器人，完全被战争占据了头脑，他们为战争而存在，并不懂得其他的东西。

"如果没有战争了，你怎么办？"

"那是一个奇迹，那是人类小脑袋里的东西。"

我思考关于奇迹的问题。我的家族，朋友的家族，还有敌人的家族，是的，所有的这些人，都相信奇迹，她们甚至相信人类的光荣家族仍旧支配着整个帝国，不论哪一方。事实却是，伊特斯已经完全脱离了控制，人类已经成了无足轻重的一个分子。

但机器人的嘲笑并不是什么值得感激的东西。山姆七触犯了我作为人类的尊严，于是我开枪打他。遵守机器人守则，他没有还手，也没有逃避。看着他在眼前倒下，我一阵惶恐。他坚持着说完谢谢才终止生命程序，这简直像一个天大的玩笑。

究竟是什么原因让他这样做已经无从得知。不过，看起来机器人并不都是冰冷没有生气的家伙。也许伊特斯是对的，机器人的确是一种人类，只是我没有好好地了解他们。或者，战争中的机器人并不是典型的机器人，而山姆七才是。

这个星系已经被放弃，伊特斯早已离去。山姆七死掉了，仓库失去了守卫，按照预设的程序，它会在十五天内自动毁灭。漂流瓶必须在十五天之内离开。这不够将漂流瓶充满。最好的情况，它能达到八成满，这意味着我无法一次性跨越错乱区，还需要一个中转站。距离这儿一百七十五光年有一个黑洞，那有一座超级太空城Osiris，战争之初它保持中立，双方都没有去碰触它。

没人知道Osiris是否还存在，也没人关心。出发之前，伊特斯告诉我这是座黑暗城市，绝对不能去碰触，否则我将变成绝望之域里边的尘埃，永远漂流，直到哪天被某个黑洞吸引，或者运气好一些，漂流瓶能够带着我的尸体抵达彼岸，然后阿拉的伊特斯会发现它。反物质仓库启动了自毁程序，它开始向着引力源方向加速，我还有三天的时间在两种命运之间作出选择。

最后一刻我仍在犹豫。身后，巨大的仓库撞上了棕矮星坚硬的表面，六亿吨反中子倾泻而下，碰撞点瞬间变成了火焰的海洋并向着整个星球表面蔓延开来。蓝色火焰重新点燃了这颗早已失去生命的星星，汹涌澎湃的热流再次翻腾。仅仅三分钟，星球就走到了尽头，剧烈的爆炸让它分裂成无数碎片向着四周散去。爆炸的第一缕光传到眼中，我在最后时刻作出选择。

离开的时候，我带走了山姆七的大脑。虽然并不打算回去，但也许有朝一日我仍旧可以把这银色小球交到伊特斯那里，让她帮助机器人重生。希望母亲在冥冥之中不会怪罪。

漂流瓶向前跳跃了一百七十五光年。

Osiris 仍旧在那儿，没有改变。我没有找到它，而它找到了我。这个星系结构精妙得超乎意料，也许这就是当初为什么 CSA 和阿拉都没有去碰触它的原因。

巨量的反物质爆炸还是影响到了飞船，漂流瓶脱离超空间后暂时失去了状态控制，它以三千千米每秒的速度奔向星系中央。一个庞大的黑洞盘踞在那儿，令人生畏。十分钟后，当飞船恢复控制，主机报告了一个让人惊讶的事实：漂流瓶一直停留在原地。一切仿佛都凝固了，引擎仍旧在输出强劲的动力，飞船的速度正在不断增大，然而位置却没有任何改变。

Osiris 捕获了我。认识到这个事实并没有花费太多的时间。主机很快对眼下的处境作出了判断：漂流瓶被困在一个王氏陷阱中。王氏陷阱是一种动力转移装置。有一种古老的中国机械，核心动力是活的生物，比如老鼠，或者兔子，它们被放置在牢笼里，这牢笼通过复杂的装置和动力部件联系在一起，只要生物跑动，便能够获得动力。王氏陷阱和这古老的机械有着异曲同工之处，只不过，老鼠换成了漂流瓶，牢笼变成了无形的空间扭曲，而那对应的中国机械是什么，我根本没有概念。也许是 Osiris 的一艘飞船，也许是它的某个重要工厂，或者就是 Osiris 本身。

打破王氏陷阱难度很高，也很危险，因为一切空间位置都是错觉，即便一艘飞船拥有突破控制的力量，也很可能在获得解放的同时面临灭顶之灾——陷阱的制造者会将出口设置在黑洞边缘。设置陷阱同样危险，扭曲空间随时可能反弹，甚至让制造者直接淹没在狄拉克之海中，宇宙蒸发，比黑洞的吞噬还要干净。姬丝就是在设置陷阱的时候被能量反弹所吞噬的，一丝痕迹都没有留下。这个陷阱的制造者显然有着娴熟的技巧和足够支配的能量，而漂流瓶却没有足够的力量突破限制。我躺下来，放松身心，准备接受即将到来的任何命运——只在那么一瞬，想到最后一个人类竟然会如此无助地死去，不由得有些沮丧。我再也不用担心战争，它必将延续下去，直到双方都毁灭。就让它如此吧。

时间在平淡的绝望中流逝，不知不觉，过去了三天。一个声音把我从睡梦中唤醒，睁开眼睛，我看到一个熟悉不过的影像——那是我自己。就像影子站在镜子中向我说话，凛冽的恐惧感让我猛然站立起来，差点撞上它。

"你好，芭芭拉。"

"你是谁？"

"我就是你要寻找的目标，Osiris。谢谢来访。时间过得很快，我已经有六百万年没有见到过原生人类。你们的日子不太好过。"

"不，我很好。"

"你是最后一个，不是吗？战争毁掉了你们。"

这个几乎和我一模一样的影像从飞船主机上跳了出来，显然它对已经发生的一切了如指掌，我也不打算隐瞒。我沉默着，想听听它还会说些什么。

"你想向着银心去，这很好。我会帮助你。不过，有一个条件。"

"什么条件？"

"你会见到一个叫亚布的人，帮我带一点小礼物给他。"

"我不认识他。"

"如果你想结束这场战争，你就得找到他，找到他，你就找到了支配者。支配者可以帮助你结束战争。"

"我不接受要挟。"

那影像微微一笑，"你们总是如此。这不是要挟，是交易。我帮助你脱离错乱区，进入阿拉帝国，你帮我捎带一些东西。交易，银河系有了人类，就有了交易。很公平，不是吗？"

我没有接受。它笑了笑，消失了。

时间一天天过去，虽然我早已接受困死在陷阱中的结局，那个 Osiris 却让事情发生了微妙的变化。我不想死。有一条生存的路摆在面前，而这路看起来并不通向阴谋，为什么不去尝试？五天之后，我时刻盼着再次见到它，接受它的条件，它却不再出现。十天，我诅咒那个无赖，把生的希望给了我然后又将它夺走，银河中没有比这更残酷的事情了。十五天，我开始陷入一种虚妄的幻觉中，仿佛陷落在无物之阵里，周围全都是看不见的仇敌，我四处跳来跳去，结果被飞船主机的保护系统电击了三次，最后昏倒。我醒过来，无比清醒，事情的前因后果都很清晰，我仔细地考虑了 Osiris 提出的建议，相信那是一笔不错的交易。虽然母亲一直告诉我人类光荣而伟大，绝对不能和那些制造品做交易，但变通才是人类最伟大的生存之道。我的当务之急是走出这个黑暗星系，跨越错乱区，向银心前进，去寻找一个希望。之后的一切都取决于我是否和Osiris做这笔交易。二十天的狂乱之后，我平静下来，静静地等待着Osiris出现。它来了第一次，必然有第二次。一切只是时间问题。

第三十六天，它再次来了。虽然我并没有娴熟的谈判技巧，但还是争取到了额外的条件。它答应让我看一看Osiris的真正面目，同时告诉我它所知道的人类历史。它所展现的一切让我目瞪口呆。

中央黑洞仍旧在那儿，是一个巨型黑洞，视界相当于十五个太阳，从前它一定是颗庞然无比的恒星。无数细小微粒遍布黑洞边缘，形成稀疏的网状，微粒恰到好处地吸收黑洞发射的 X 射线，维持生存。每颗微粒都有神奇的能力，能够控制周围空间的曲率，数以万亿计的微粒遍布整个星系，构成无处不在的巨网。整个星系的空间就像一个泥团，可以被塑造成任意形状，可以让中央黑洞从空间消失，就像从来不曾存在，也可以把整个空间伪装成曲率为无穷大的奇点，制造一个令人感到恐怖的星系级黑洞空间。星系外围，各式各样的飞船被封闭在一个个王氏陷阱中，数量有一百三十万之多，从它们进入这黑暗星系伊始，就成了不由自主的奴隶，把能量一点点地传递给这黑色巨网。失去动力的飞船会被抛入黑洞，完成最后的能量交换。

Osiris 展示了其真实面目。我感到眩晕。这极大地超越了我所见到的科技，更像是一种神话。

"人类三亿五千四百万年前来过这里。他们有改造整个银河的雄心。他们在银心区。"

Osiris 把我的渴望激发起来。那些去往银心的人类，在亿万年前就制造了这样不可思议的神奇，突然之间，无法抑制的火焰在我的内心燃烧，我要去银心，找到那些光荣而伟大的祖先后裔。在这黑色星球令人眩目的科技面前，旋臂战争无足轻重，祖先的光荣和梦想成了我唯一想见证的东西。

"把我送过去。我答应你的条件。"说完这句话我突然有种羞愧，即便对光荣与梦想的渴望也不能将它掩饰过去。Osiris 在大笑声中化作一团光笼罩了我。漂流瓶突然间消失在黑暗之中。

漂流瓶脱离陷阱，向前跳跃了三百光年。目标是剑鱼系，阿拉帝国的一个主星系。婕儿就死在那儿。

阿拉帝国最强大的舰队正在集结中。超过三百万艘战斗舰艇聚集在剑鱼系，点点灯火把整个夜空变成了灿烂的节日夜晚。剑鱼系的恒星已经进入最后的时光。这颗诞生仅仅两亿年的年轻恒星在超级压缩机的作用下以上万倍的速度燃烧，维持着超级时空门，让更多飞船汇聚进来。

漂流瓶从超空间脱离，落在两艘庞大的天空舰中间，就像夹在两头大象中间的老鼠。一艘巡逻艇靠过来，我成了俘虏。

我的人类身份此刻有了帮助。自动巡逻艇辨认出我是一个人类，它无法作出有效判断。三十分钟后，一艘大船靠过来，把漂流瓶抓进它的起落舱。

这是我第一次进入阿拉帝国的飞船。在战争中，我指挥过大大小小二十多次战斗，毁掉了无数的阿拉飞船，却从来没有接触过任何一艘，那是敌人，带有魔鬼的属性。此刻在魔鬼的飞船中，我却有一种回家的感觉。

淡淡的橘黄光线，透着冰冷感觉的金属舱板，还有向着眼前围拢过来的略显呆板的地勤机器人。一切和 CSA 飞船没有区别。舱里没有空气，舱内温度是一百二十八开，为了我的到来，混合空气充满了整个空间，温度也调整到标准的三百开。他们并不准备将我杀死。所有机器人、生化人，或者是任何一艘飞船的主机，都会尽全力保护一个人，哪怕这个人来自对方，是一个敌人。

有人来迎接我。这是一个 M 级生化人，他们是所有生化人中最接近人类的一支，表面看起来和人类没有两样。只是，如果仔细观察细节，他看起来要粗糙得多，也强壮得多。

"你需要什么帮助？"他开门见山地问我。

"通向银心。"

"好的。不过，在此之前，伊特斯希望和你谈谈。"他示意我跟着走。

"难道不能在我的飞船里谈吗？"

"伊特斯希望和你面对面谈谈。你的飞船会得到很好的维护，需要三天的时间，伊特斯希望在这三天里你们可以有一次谈话。在她的控制室。"

我没有多少选择的权利。伊特斯控制着这庞大的舰队，如果她不愿意合作，她可以像抹去一粒微尘一样毁掉漂流瓶。三次转机后，我抵达了旗舰。这是一个强大的堡垒，规模庞大、质地坚硬，以至于护送我的天空舰在距离三十光秒的位置就需要启动屏蔽来抵消引力。在我踏上旗舰之前，他们把我塞在一个隔离装置里——保护我可怜的躯体在堡垒里不会被重力压垮。

伊特斯的控制室是一个宽敞的封闭空间。隔离装置虽然臃肿，却有着很好的视野，我四处张望，没有见到任何东西。突然之间，四周的墙亮起来，宽敞的场地中央蓦然闪出一团火。火焰不断闪烁，变换颜色，慢慢地凝固起来，最后，变成闪着金属光泽的一团，就像闪闪发亮的水银。水银开始变形，形成一个人形。伊特斯用这种方式来到我面前。

伊特斯是一种玄妙的存在，她没有实体，存在于空间的拓扑结构中，她也许没有 Osiris 那么强壮有力、波澜壮阔，却更好地和宇宙融合在一起。不需要黑洞，不需要基本微粒，她和空间一体。她使用了一个人形和我对话，向我表示尊重。这银色的人形张开眼睛，用一种凌厉的眼神看着我。

"芭芭拉。你从 Osiris 来，请告诉我那里的一切。"

我把一切告诉了她，没有任何隐瞒。

"Osiris 捕获了很多飞船。"

"超过一百三十万艘。"

"它劫持了很多飞船，那是我们的战争损失的一部分。"

"你准备解救这些飞船吗？"

"它要你带什么礼物给亚布？"伊特斯没有理睬我的问题。

我并不记得有任何礼物曾经交到我手中，犹豫着不知道如何回答。伊特斯突然在一瞬间消失，整个控制室变成一团漆黑。

"怎么回事？伊特斯！伊特斯！"我感到一阵恐惧，不由自主地大叫。没有回应，一切黑暗而寂静，只能听见心跳的声音。漫长的三分钟过去后，控制室恢复光明，伊特斯又一次成形。

"Osiris 在漂流瓶上设置了一个陷阱。它把你送到这里，并不是为了帮助你。"

"发生了什么？"

"刚才它出来了，六千万颗基本子构成的黑球。它隐藏在漂流瓶的动力系统里，跳出来后毁掉了三艘天空舰。"

"它有这么大的力量？"

"如果出其不意，造成巨大的破坏并不需要太大的力量。更何况，黑球系统威力惊人。"伊特斯盯着我，"我会对你的飞船做一次彻底的检查，确保不会有任何黑球基本子漏网。"

"那么，你会帮助我前往银心？"

"人类的要求会得到满足。这样的要求已经很少见了。上一次的人类要求是在七十万年前，战争还没有打起来。"

"战争呢？难道不能停下来？继续打下去已经没有意义了。"

"我的使命是帮助这三千六百个星系的人们实现愿望。他们继续战斗的愿望很强烈。"

"这些人都是你制造的，告诉他们，这是错的。"

"独立意志一旦形成，我便不能干涉。人类都有从依赖走向独立的过程。"

伊特斯的话并没有错。人类都会长大，然后独立。然而这些被制造的人并没有成长的过程，从他们诞生的那一刻起，伊特斯就给了他们固定的思维和能力。我并不相信伊特斯不能够控制这些制造品，她只是为自己寻找一个借口，不为战争承担责任。

我想起山姆七，于是告诉伊特斯，有个机器人的脑子嵌在漂流瓶的主机板上，他需要一次重生。伊特斯拒绝将山姆七复活。她是阿拉帝国的伊特斯，不能为 CSA 的机器人服务。

最后伊特斯告诉我，她需要我的帮助。我恍然大悟。一个人类受到欢迎并不是因为她是人类，而是她可以提供帮助。在伊特斯的眼里，我和机器人、生化人并没有多少区别。也许唯一的不同是我会想一些异想天开的事，能够勇敢地向着银心去追寻祖先的光荣。

"请你帮我问一个问题，什么时候我能够重新回到伊特。两亿年的期限早已经过了，我无法再等下去。"

"我该向谁问？"

"你见到伊特，自然会明白。告诉她你在 Osiris 见到的一切。"

我怀着莫名的心情离开了剑鱼系。短短三天，聚集在超级堡垒周围的天空舰增加了三万艘，还有六个百亿吨级的太空堡垒也出现在队列里。伊特斯似乎在凝聚阿拉帝国最强大的力量准备做一次强力冲击。三百光年的错乱区，如果打开一条跨越三百光年的超空间通道，需要耗费的能量惊人。也许伊特斯想更高效一些，一次性把足够的部队传输到那边。

我并没有做太多的猜测。战争已经不属于我，而是属于两个伊特斯。她们喜欢毁灭恒星，毁灭星系，毁灭整个旋臂，都由她们去吧。我只想在有生之年，徜徉在银心那数不清的恒星光芒之下，静静地回想那些已经消逝的过往。对于最后一个人类，宇宙还会变成怎样并不太重要。如果辉煌的史诗已经成了过去时，我就是那最后一个音符。乐章结束，一切都不会再有意义。

漂流瓶在层层叠叠的巨型飞船中间滑过，就像漂浮在浩瀚海洋上的一点萤火。然后，它消失在宇宙那无所不在的黑暗之中。

横跨阿拉帝国的六十五天没有遇到什么阻碍。伊特斯给了我特殊的照顾，所有的星系都会为我补充能量。战争耗尽了阿拉帝国的潜力，伊特斯几乎在用毁灭自己的方式进行军工生产，途经的六个星系彼此之间相距数百光年，却都陷落在相似的困境里——恒星飞速地消耗，寿命大大缩短，阿拉帝国可预见的寿命从平均六十亿年降低到八亿年。也许伊特斯并没有永恒的欲望，或者八亿年的时光也已经太久。

我在黑鸦系遇到了一个生化人，他在太阳工厂里工作，辐射伤害很厉害，每天都需要进行一次肌体更新。为了见到我他错过了回程，结果没能及时进行肌体更新。他死在我面前。他跑来见我的理由很荒唐：他想看看活着的原生人类，这个念头让他送了命。

生化人的命不值钱。如果有需要，伊特斯可以大量制造。他看见我，露出失望的样子，说原生人类和他并没有多少区别。事实上，区别很大：我们有历史，他们没有；我们有血统，他们也没有；我们有独立的精神，他们更像蚂蚁……我把这些统统告诉他。他很长时间没有说话。最后他望着我，眼神忧伤，生命力已经从他的眼里消失，灰暗的脸色就像死人。他望着我，忧伤而绝望。

"这些是本质区别吗？"他蹲下身子，似乎在忍受着极大的痛苦，突然间抬起头，眼里露出非同一般的坚忍，"你们有特权，我们没有。"

这个生化人离开了我。他并没有走远，在距离五十米的地方倒下。辐射引起的变异让他的身体在几分钟内变成了一堆模糊不清的血肉。

我甚至不知道他的姓名，却记住了他的话。这和花奇妮、修达姐妹的想法不谋而合，她们指挥着庞大的生化人兵团，在那次最后的保卫战之前，她们走进队伍和上千个生化人依次拥抱。这场面让婕儿感到羞耻，我却不以为然，只有亲身接触的经验，才有表达意见的权利。花奇妮和修达，已经和她们的军团融成一体，当最后的时刻到来，她们并没有坚持人类高高在上。后来见到其他生化人，我试探他们的看法。他们没有看法。伊特斯并不会让他们有看法。我所遇到的不过是一个异数。情况也许更复杂，我在天顶星找到两个生化人，问他们为什么要继续战争，他们思索了一会儿，告诉我这就是现实。战争从古到今，一直在进行着，他们无法想象失去了战争的生活是怎样的。我继续问，是伊特斯服从他们，还是他们服从伊特斯。他们的脸上露出惊讶的表情，伊特斯是天经地义的领袖，她塑造军队，塑造灵魂，他们服从伊特斯。生化人很少有表情，但接下来的话却慷慨激昂，像一个十足的人类，"伊特斯就是所有人的代表，她会告诉我们，什么方向是最大多数人的渴望，是最好的方向。所以，你问了一个伪问题，就像问先有鸡还是先有蛋。"我看着这两个人，脑子里浮现出黑鸦系那个人坚忍的眼神。那是突然间的顿悟，如果他活着，也许会掀起一场风暴荡涤整个帝国。是的，那些历史、血统、精神，人类所恪守、珍惜的一切，不过是一个借口，是一个让我们心安理得高高在上的理由。我们和生化人最大的不同，是保留个性的特权。其实这并不是特权，而是天赋的权利，然而生化人却和机器人一样，被剥夺了这权利。人类是幸运的，我们能够自己生育而不需要借助伊特斯。不过，这一切都已经结束了。没有人类，没有特权，只有那不知所谓的两个鸡蛋结合体——阿拉和 CSA。

我参观了太阳工厂，就是在这里，恒星的氢和氘被源源不断地汲取出来，通过狄拉克海用二比一的比例换成反物质储存。每一口汲井由两个生化人和一个机器人负责。他们忙碌着，无暇思考我提出的任何问题。

天顶星是我在阿拉帝国的最后一站。英仙座旋臂到了尽头，前边就是银盘。我不再有机会和生化人谈话。他们如何把握自己的命运并不在于我。伊特斯不断制造简单服从的生化人增加人口，每一个生化人都渴望着战争，伊特斯得到战争愿望强化战争机器，这已经把阿拉帝国和她的子民领上了不归路。战争没有受益者，如果一定要找到一个，那么只有伊特斯。排除了人类，她就是这广阔空间的真正主人。

马上就要离开阿拉帝国了。CSA 和阿拉之间的战争已经在三千光年之外。我向着 CSA 的方向眺望，看见无数星星闪闪发光。这其中，有许多已经失去光华，所见的不过是它三千年前的影像。我的亲人、朋友，还有敌人，就曾在这样的一片星海中纵横沙场。我再看了一眼。

从银盘边缘到银心有五千二百光年。银盘光辉灿烂，充满恒星。这里的恒星密度比旋臂大了许多，平均半光年就有一颗恒星。这里的恒星更大，更璀璨，还有无数的新星正在诞生中。这看起来像是造物主赐给人类的宝贵礼物，辽阔的充满恒星的空间，正适合文明生存。这是一个广阔的牧场，可以哺育无数的牛羊。

我途经的第四个星系属于典型的太阳型，恒星处于中年，热量强大而稳定，行星距离也不远不近。漂流瓶对三颗行星进行了分析，结果让人失望：两颗星球没有任何生命迹象，一颗行星上，最高等的生命是一种硅基的细菌。

也许因为资源太过丰富，星系间的干扰和碰撞过于频繁，高等生命不能由此诞生，虽然阿拉帝国完全有能力把舰队派遣到这里进行殖民，但伊特斯却没有这么做。这很奇怪。阿拉帝国有着自己的边界，伊特斯没有逾越雷池一步。根据 Osiris 所说，时间已经过去三亿五千万年，不能想象这漫长的时光里，阿拉帝国竟然没有向着资源丰富的银盘地区派遣任何殖民飞船。而此刻，它正为了与 CSA 之间的战争而毁灭性地消耗恒星。某个高高在上的东西限制了阿拉帝国，她一定很强大，以至于伊特斯对她的指令不折不扣地服从。只有创造者才能拥有这样的影响力，因为只有创造者，才可以把这种限制性深深地根植在伊特斯的核心，历经亿万年仍旧发挥作用。这想法深深激励了我，至少我已经看见了光荣的祖先深刻的影响力，伊特斯可以抛弃人类，成为帝国的主人，却仍旧尊重人类意愿，恪守一条亿万年前的边界。

我急切地盼着向银心继续前进，看起来祖先并没有把文明随意地播撒在途经的任何星系，而只是选择性地在某些地方留下了殖民团。这意味着在很多地区有着广阔的空间，没有任何文明，或者，只有原生的文明。恒星密集的银盘和银心区域，并不是理想的文明诞生地，这里有广阔的空间和丰富的资源，却没有我想看见的东西。

我命令漂流瓶选择下一个目标，继续前进。漂流瓶冲向恒星进行补给。然后选择了六百光年的跨度，这是我通向银河中心直线距离的一半。

突然从第四行星传来一个意外。在完成补给脱离太阳准备弹跳的前三十分钟，漂流瓶对行星进行最后的扫描，突然之间，屏幕定格在一个小点上。这是行星的一颗卫星。它和行星同步，相对静止在其赤道上空六十万米，下方是海洋。之前漂流瓶在行星上发现了硅基生命，却并没有发现它。卫星被行星遮挡，而行星的自转周期是八十天。此刻，漂流瓶穿过了太阳，卫星也转过了三十度，于是它在行星的边缘被发现。精确的同步卫星可能代表着文明。不过这颗同步卫星让人失望，它不是金属、高分子或者任何一种常见材料，它看起来就像一块普普通通的石头，毫无规则的形状，甚至没有一道笔直的线条。但是当激光再次反馈回来，我不自觉地张大嘴叫出声——在石头的某些位置，激光被吸收，显示出某种信息。这信息用许多种文字表达着某个意思，其中的一种我认识：欢迎进入太空。刻着文字的一面永远向着行星，如果那些硅基生命最后能够走上通向智慧的进化之路，它们终有一天会把目光投向这颗卫星，发现它，解读它，对宇宙充满敬畏之心。

我要求漂流瓶停止弹跳程序，这个要求并不合适，弹跳程序已经启动，只能改变方向而无法停止。我放弃了靠近去看看的想法，盯着屏幕上的字迹，那是祖先留给这颗行星生命的一点暗示。行星上的硅基生命处在原始状态已经三亿年，也许它们永远不会有看到卫星的一天，而这颗卫星却已经发挥了作用，我这个亿万年后的子孙来到这里，看见了它，我知道自己正走在祖先的路上。亿万年的时间太久，隔绝了记忆，却没有割断那看不见的纽带。

突然之间我感到一阵眩晕，然后听见漂流瓶的警告，发生了某种故障，漂流瓶正在进行紧急处理。我昏迷过去。

跳跃仍旧进行，漂流瓶跨越了六百光年的空间。

我醒来的时候已经距离事故地点六百光年。故障没有造成毁灭性的后果，但仍旧是一场灾难。在弹跳过程中，漂流瓶突然发生了泄漏。正常情况下，这种微小的泄漏并不危险，但是弹跳的瞬间，空间的缺口打开，泄漏发生，大量的气体分子碰撞空间缺口边缘，会引起狄拉克海波澜，运气不好，整个飞船都可能被吞噬。漂流瓶及时采取了措施，没有让泄漏继续发生，然而它没有能够完全避免碰撞，少量泄漏的气体在飞船之前撞在空间裂缝上，引起了畸变，在飞船完全进入超空间之前，空间裂缝提前关闭。

飞船受到一些损伤。右舷被削掉少许，接近三吨的质量。这不翼而飞的质量被吞噬在狄拉克海的波澜之中，永远不会被找到。飞船的主体仍旧完好。主机在进行修复估算，按照初步的计算，漂流瓶无法自我修复。更糟糕的消息是飞船无法维持过载保护功能，这意味着我将无法再一次进行超空间跳跃。我被困在这里，无路可走。

这仍旧是一个文明前星系。十颗行星按部就班，各就其位。每一颗星球都处在原始状态，生命还没有开始萌芽，也许永远不会有生命。这是一个双星体系，主星是稳定的中等恒星，伴星却是一颗红巨星。从漂流瓶上看过去，两个太阳，一个红色，一个橙黄，镶嵌在天宇，相互辉映。估算双星的公转周期为六十万年，两星距离最近的时刻，不过短短的一千光秒，此刻红色的伴星正奔着主星而来，再有两万年，这儿放眼望去将是一片赤红，所有的星球将被炙烤。如果有生命，那么它需要在六十万年的时间里学会适应极度的酷寒和酷热。萌芽的生命能够适应环境，然而决然不能适应极端的环境，除非星际殖民，否则这个星系不可能有文明。我相信，即便长生不死，我也永远不可能看到一个对话者从那颗星球上向我飞来。

灰暗的前景让我一筹莫展，从舷窗里看着红太阳，脑子一片茫然。突然漂流瓶告诉我一个更新的消息——故障原因已经找到：在飞船跳跃前六十秒，某种东西打破了飞船外壳，而这个东西，来自飞船内部。

下边的分析让我有些不知所措。那东西并不属于漂流瓶，而是从我体内逸出，直接穿越了所有的屏障进入太空，在飞船的壳体上留下了直径三毫米的小孔。这是漂流瓶监测到的唯一异常。

漂流瓶等待着我的指示。突然之间，我感到非常虚弱，需要有一个人在身边，哪怕只有几十秒，可以让我问一句怎么办。然而没有。

我的身体内潜藏着什么东西。最大的可能，是 Osiris 做了什么手脚。我回想起答应交易的情形，那个和我一模一样的影像化作一团光笼罩了我，然后我就什么也不知道了。在剑鱼系，伊特斯检查了漂流瓶，确保没有黑球系统存在。然而，她并没有检查我。我的躯体容纳不下一个黑球系统，但如果有更微小的系统，那也不是没有可能。

我和魔鬼做了一次交易。可怕的后果已经初现端倪。Osiris 绝对没安什么好心，如果按照原来的计划奔赴银心，也许就带去了灾难。不过这一切并无所谓，我将不能完成计划，困死在这永远没有希望的地方。即便有任何阴谋，那也是一次失败的尝试。

过了十分钟我平静下来。前方没有去路，同样也不能后退。我就像一只夹在风箱中的老鼠，只有等着死亡。

等待死亡而无心抗拒的人有两种财富：无所谓的时间和无所谓的生命。我对着红太阳发呆了两天。后来，我要求漂流瓶进行一次全面身体检查。我不喜欢不明不白地死去。

检验的结果印证了我的猜想。在我的头脑深处，有一团黑球，它的直径如此之小，以至于身体将它看成了一团良性肿瘤，一层膜已经成长起来将黑球包围，试图将这个肿瘤消除掉。显然，细胞群找错了对手，它们对这个陌生来客一筹莫展，黑球保持着沉默，并没有进行任何攻击，一个有趣的僵持战场就在我的神经中枢里形成。情况甚至比我的猜想更糟糕，细胞军团受到了欺骗，黑球放射出无数细丝从细胞的间隙穿过，某些是游丝，更多的数以亿计的细丝会找到一个大脑皮层细胞穿入，我的脑神经系统处在完全的监控下，每一个电化学信号都逃不过它的掌控。它就像一个潜伏的寄生卵，一旦条件成熟，便要孵化，破茧而出。

称呼它为"寄生卵"有些不恰当。黑球并不需要从我身上得到任何养分，我的身体不过是一个容器。它可以自由来去，代价不过是我的身体上多出一些细微的孔道。事实上，它已经这样做了。在漂流瓶跳跃的那一刻，正是一个基本子的逸出造成了灾难。我的大脑内部有伤痕，那是基本子在其中穿行留下的痕迹。黑球释放了一个基本子，它需要确认那儿是否是真正的目的地。

这就是 Osiris 要求我递交的礼物。

Osiris 的目的何在已经无从而知。阴谋式的手段决然不会有什么光明正大的理由。退一万步，我不喜欢被当成容器，也不喜欢有双眼睛盯着我的一举一动。我要想办法摆脱这种羞辱。

至少，黑球并没有试图控制我。理论上说，既然它可以监控每一个脑细胞的活动，它也可以控制我的思想，将一些想法强加给我——并不是强行控制，而是让我"发自内心"地为它服务。我仔细思考离开 Osiris 后发生的一切。它没有控制我的行为，但可能强化了我前往银心的渴望。发现留有文字的卫星让我欣喜若狂，如果冷静下来思考，这种行为在我之前的一千六百多年的生命历程中从来没有过，我从来都很冷静，甚至有点冷酷，这也是母亲不喜欢我而喜欢婕儿的原因之一。

这猜测已经没有被证明的可能。无论 Osiris 是否想要控制我，此刻我已经有了决不成全它的想法。这想法既然能够生成，说明我并没有被完全控制，也许黑球并不懂得，这想法意味着什么。

我要努力地想一个好办法。

我复活了山姆七。

严格地说，山姆七并没有复活，他只是在漂流瓶的主机系统中获得了一个虚拟生命。他没有躯体，也不会再有体验，但是那些记忆和思维模式，却丝毫不差地重新显现出来。我居高临下，山姆七的一切记忆就像一个个剖面，飞快地从我眼前闪过。他已经在那儿，只不过仍旧是一个囚徒。此刻，也许他正感到某种绝望，看不见，听不见，感觉不到，只有他自己孤独地存在着。我有了足够的动力疯狂工作，将山姆七从这种困境中解脱出来，也许这个工作就将耗费我的全部生命。

我触犯了一个禁忌。制造任何没有实体的人格都是犯罪。可以想象，没有实体的人很容易获得永生的机会，他们所需要做的就是从一个空间转移到另一个，其间甚至没有任何损伤，比机器人的肢体补偿或者生化人的再生都要简单得多，完美得多。在 CSA 和阿拉帝国，任何触犯禁忌的人，即便是一个人，也会被执行安乐死。没有实体的生命只有一个——伊特斯，如果考虑两个帝国，就是两个伊特斯。然而我已经在六百光年之外，所有禁忌法律都毫无意义，我只能为自己多想想，一个可以对话的人，即便是机器人，也比穷极无聊好得多。

将山姆七解救出来并不容易。我从来没有这样全力以赴地沉溺在一项技术工作中。还好，伊特斯并没有把复活机器人的技术当作秘密掩藏起来，五百六十七个晨昏之后，山姆七已经能够看到漂流瓶的监视器所看到的东西。我没有继续研究下去，他能够看到，那就够了。我将文字输入屏幕，漂流瓶会把文字显示在监视器上，然后他就能够了解。这种谈话方式很没有效率，却足够了。

我用这种方式和他谈了足足有八个小时。我从来没有和任何人说过这么长时间的话，即便是母亲。我就像在回忆自己的一生，为自己盖棺定论，娓娓而谈，这让我感到惊讶。当然，我没有忘记眼前的困境和脑子里的那个黑球。

最后，我问山姆七，"你明白无误？"

"是的。"

我放松下来，呼出一口气。

"芭芭拉，你是个英雄。"山姆七说，"人类总是相信奇迹，你创造了一个。"

我深吸一口气，"你仔细听着……"

我的手在屏幕上轻轻敲击，漂流瓶进入倒计时状态。

"芭芭拉，你不需要这么做。千万别这么做……"

我站起身走开。他没有力量阻止我。他只是一个虚拟生命，一切都会按照设想进行。形势所迫，不得不借助山姆七。任何机器人都只能服从人，而不能向人类提出要求。我毫不理睬他的请求。走进分离舱，回过头，我看见主机屏幕上显示的数字在飞快地减小。舱门落下，将一切隔断。还有八十分钟，漂流瓶将进行跳跃。眼前有一个红色按钮，摁下它，分离舱将脱离。我有三个通向死亡的选择和一条生路。在跳跃发生三十分钟前摁下，漂流瓶会安全地跳到六百光年外，我将留在这个星系，直到分离舱的氧气耗尽死亡，剩下的生命不会超过一个小时；在跳跃发生三十分钟内摁下按钮，漂流瓶将和分离舱一起毁掉，我会变成狄拉克海的微澜，震荡几个来回然后无影无踪，也许这样的死法没有痛苦；不触动按钮，漂流瓶将带着我一起跳跃六百光年，抵达银心，当然，同时抵达的，还有我头脑中那个小小的黑球，所不同的是黑球将焕发出无穷活力，而我只是一团肉泥。活下去的路很简单，打开舱门，取消弹跳，我将在这里终老，和一个机器人相依为命，但这不是光荣的人类应该做的事。

我按下红色按钮。急剧的加速让我紧紧地贴在门上。

然后漂流瓶出现在视野里，飞快地变小。

"永别了……"我冒出这个动词，却不知道放置什么宾语。记挂的太多，一时没了头绪。最后，我说："……Osiris。"

在这个时刻，我突然意识到也许我犯了一个潜意识的错误。潜意识里，我把 Osiris 看作伊特斯一样的空间模，无论它多么优秀，多么高高在上，它终究是人类的产物，是附属品。只有人类是血统高贵、源远流长的智慧源泉。如果它不是？我的错误超过一颗超新星爆发。无论怎样，这里是我的终点，误会也好，错误也好，都到此为止。

一个小时并不快，也不慢。渐渐地，视线模糊起来，氧气逐渐耗尽，我的生命走到了尽头。模糊中，我看到一团光，光亮中有许多张脸。光亮渐渐地熄灭，变成永恒的黑暗。

从黑暗中归来是一种美好的体验。黑暗，冰冷，绝望，窒息……睁开眼睛，一丝光线把温暖带给我，梦魇一扫而光。我看到一个人，有几分眼熟，她向着我微笑，打招呼，"嗨！"

轻轻的呼唤有一种魔力，仿佛这是我一生中所听过的最美妙的声音。

"芭芭拉，你是个英雄。"

顺着声音，我看见了山姆七。他换了一副躯体，和从前有些不一样，瘦一些，精致一些，但面孔没有变。

"我没有死吗？"

"你死了，不过我把你复活了。"那个陌生人说。我仔细地看着她，终于辨认出她和伊特斯有几分相似，"你是伊特斯！"

"不，我是伊特。"

伊特！伊特斯曾经告诉我，她和阿拉帝国的伊特斯来自同一个源头，这个源头，叫作伊特，那是最初的空间模，所有模的源头。我坐直了身体，"你是伊特斯的源头，那个伊特？"

"是的。"

"我已经到了银心？"我四下张望，只看见白色的墙。

"不用着急，和你的朋友一起等一等。你会看到你想要的。"伊特说完消失不见了。房间发生了变化，我仿佛坐在一片空旷的沙滩上，头顶是暖洋洋的阳光，天空一碧如洗，微风轻拂，眼前是碧波荡漾的海洋，海面上，有几只大鸟在飞翔。

山姆七抬头看了看太阳，"这不错，和太空船很不一样。"

我没有心情享受这精心准备的天堂，"山姆七，我们在银心吗？"

"也许吧。我被你送出去，然后被伊特发现。她给了我新的躯体。后边的事我知道的和你一样。然后，伊特把我带到这里，看到了你。"

山姆七不会撒谎。我并不高兴他说话的语气，他已经完全没有了恭敬。然而，此刻并不是争论身份的时候。我想搞明白自己是如何复活过来的，那黑色的小球怎么没有夺去我的性命？或者它仍旧在我的体内？

远处突然传来了鸟叫声。这声音我从前只听过一次，那时我还是一个孩子，CSA还拥有五千多个人类。鸟叫声引起了我的回忆，我想起那是一次家庭聚会，母亲、姬丝、婕儿还有姑妈和她的两个女儿，还有比利家族的花奇妮、修达，我们降落在一颗小小的行星上，找到一片海边沙滩，躺在金黄色的细沙上晒太阳，海面上大鸟在飞翔，不时鸣叫。此刻，大鸟的叫声从远处传来，低低的，轻轻的，若有若无，就像浮在空气中的影子，就在那儿，却怎么也接触不到。我的眼泪滚落下来。

眼泪让山姆七不知所措，他看着我，黑黑的眼睛格外专注，"芭芭拉，你在哭吗？"最后他很小心地问。

一个机器人居然能够明白哭。我放声大哭，突然之间，那些被压抑已久的东西，从最初母亲离去的哀伤到婕儿死于非命的悲恸，眼看着一个个亲人朋友离开身边的无助与惶恐，就像山洪暴发一般，再也抑制不住。伊特甚至比我自己更明白我想要什么，她深入我的记忆深处，将层层防护消除掉，使脆弱的心灵暴露在外，让它能够呼吸空气。

我哭着，后来，居然靠在山姆七的胳膊上睡了过去。

两天之后再次见到伊特。有一个虚幻的人和她站在一起。

他很像 M 级生化人，但他是一个虚拟的个体，站在那儿，浑身散发着柔和的光，看起来就像一个圣人。一个生化人不应该被这样尊崇，但我还是被他的样子迷惑，定定地看着他，忘记了打招呼。

"你好，我是亚布。"他微笑着，"Osiris 让你带礼物给我，我来了。"

亚布，Osiris 让我寻找的人就是他？！我有些不敢相信自己的眼睛，"你就是亚布？"

"叫亚布的人很多，但如果是一个人，他和 Osiris 在三亿五千四百万年前打过交道，那只有我。"

我看着他，什么都说不出来。伊特开始说话，"是的，他就是亚布，Osiris 想找的人。比你所想的更遥远，他已经有四亿六千万年的生命，甚至比我第一次进入空间模状态的时间还要长七千万年。"

我摇摇头。一个比文明的寿命更长久的生命体，这看起来像是某种不可思议的东西，但我仍旧可以接受。这个生命体居然有着生化人一样的外形，毫无疑问，这预示着某种东西，我们的祖先，很可能就是生化人形态。这将我所坚信的一切颠覆得干干净净。所谓的光荣血统，悠久历史，并不是全部的真相。

"你，一直是这个样子吗？"

亚布看着我，"你想问为什么我不是一个中性人？"

中性人！他居然这样称呼一个原生人类。面对着这神一般的存在，我有些惶恐，但仍旧保持着勇气，"不，我是原生人类，真正的人类。"

亚布并没有直接回答我。突然间，我看到了一颗小小的蓝色星球，那星球上，生活着数以亿计的人类，他们有各种各样的肤色、体形，穿着各式各样的衣服；他们用千奇百怪的语言交谈，使用截然不同的文字；他们的生活就像百科全书，有着让人眼花缭乱的各种风俗，即便是食物，也花样翻新，层出不穷……这是地球，猎户座旋臂末端一个中等恒星系的第三行星，所有人类起源的地方。然后我看到了最重要的东西——两种截然不同的人类共同生活在一起——男人和女人；我看到男人和女人的交媾，他们的身体纠缠在一起，发出一种让人心烦意乱的声音。人类竟然是有性生殖的生物。

"芭芭拉，不要惊讶，这是六亿年前的场景。单性生殖是人类太空殖民后的自我改进，你的确是一个原生人类，亚布也是，只是你们的时空错开了四亿年。"

地球从眼前退去，我看见了各种各样的人，他们比地球上人类的生活更多样化，更差异万千。我甚至看见一团气球，飘浮在氢气云中，悠闲地吞着气体，漫不经心，身体内部却发生着聚变反应。这已经是一个无机体，然而一个强烈的信号告诉我，这是一个人。人类从小小的地球发端，已经有了无数的后裔，没有正统，也没有异端，更没有高低贵贱。原生人类的一支，只是满天星斗中的一颗，而且是即将陨落的那一颗。

那信念，从遥远的过去一直继承到此刻的信念，被彻底碾得粉碎。我紧紧攥起拳头，全身使劲。

"为什么会这样？伊特，为什么会这样！"

黑球系统向火星进攻。伊特的火星部分几乎被彻底摧毁，火星上的四十万人类死了六万。黑球几乎成功地将火星撕裂，吞没。伊特集中了太阳壳的所有资源，短短的三天时间，六亿五千吨氢聚变的能量被压缩，两束高能等离子束击中入侵者。黑球系统被摧毁，人类获得了胜利。这发生在四亿年前，是人类和黑球系统的第一次接触。

亚布看着我，"我的原生人类生活就是在那时。此后，我是一个精灵。"

在伊特的词典里，精灵是一种人类，经过特殊挑选，从各个世代的人类精英中荟萃而来。甚至有最远古的精灵，他们拥有一些伊特也无法掌控的力量，和伊特融为一体，在某个神秘的空间中存在。亚布来自那个被称为"洪荒世界"的空间。他是一个存在了四亿年的精灵。

我并不在意一个存在了四亿年的精灵出现在面前。然而，他有着和生化人一样的形态，这重重地打击了我。我陷落在一种冰冷的绝望中，也许向银心进发是一个错误，我应该策划最后一次进攻，在剑鱼系和阿拉帝国进行一次最后的决战，让自己在战火中消散。亚布继续和我说话。

"人类三亿五千四百万年前遭遇了 Osiris。这是所有黑球系统的母星。在将近六千万年的时间里，我们不断向外扩张，不断遭遇黑球系统，我们都赢了。看起来，人类将是这个银河中最成功的智慧生命，Osiris 却让我们的胜利到此为止。

"一直以来，击溃黑球系统只有一个办法，就是采用大大超过黑球扭曲空间的能量，你知道，如果能量密度并不是很高，一个王氏陷阱就可以轻易地将它控制住，转化成黑球系统本身的动力。然而，能量密度一旦超越了黑球系统的承受极限，它将面临双倍的报复，被它扭曲的空间将把所有的能量释放出来，和外部的攻击力量耦合，所有的基本子都会在一瞬间被狄拉克海淹没。在遭遇 Osiris 之前，最大的黑球系统仍旧属于行星级，只要能有效地组织一个恒星系的力量，击溃它不是问题。而 Osiris 却提高了十一个数量级，它拥有一个黑洞级的内核，不仅如此，那还是一个超级黑洞，视界相当于十五个太阳。它所蕴含的能量可以把整个银河炸散，变成一团史前星云。我们吃了大亏，它吞掉了三个半太阳舰队，每个太阳舰队的规模相当于你的十个泊松级。"

泊松级是 CSA 和阿拉帝国最大规模的常规舰队编制，衡量标准是舰队的齐射可以将六千开恒星表面温度加高十摄氏度，约等于舰队有六十天内将恒星能量全部吸干的能力。三亿五千万年前，它们组建了十倍于泊松级的舰队，这听起来像是一种讽刺，在这漫长的三亿五千万年时间里，人类没有进步，只有退步。而我们，更是退步到了对历史一无所知的地步。

"幸运的是，Osiris 巨大的能量密度也让它失去了机动性，而如果它派出子系统，我们就可以将它消灭。这就是你所看到的世界，两个伊特斯中间夹着 Osiris。我们无力进攻 Osiris，它也无力向外扩张……"

我打断亚布，说，"这很神奇。但是我不想听。"说完我扭过头，眼前的一切随着我的意愿变得透明，我透过厚厚的屏障看见了外边灿烂的星空。几千颗蓝色的星星汇聚在天空的中央，就像一个闪闪发亮的玉盘。那是银心，汇聚了千万颗恒星的银心。

我到达了最初的目的地，却毫无喜悦。强烈的反差让我只想停下来。

伊特给了我一个星球。也许这是一种特殊的照顾，因为我是最后一个原生人类，不仅在 CSA，在银心区也是如此。银心区的最后一个原生人类——一个男人两亿年前化作了尘埃。英仙座旋臂上的 CSA 和阿拉帝国，是原生人类最后的栖息地，正因为我们进化成了单性，又强化了崇高的家族意识，我们才比那没有自我进化的一支多存在了两亿年。

这星球精致而小巧，水晶层覆盖整个星球，将有害射线隔离在外，精心设计的星球表面看起来就像天然蓝色的星球。大海，沙滩，新鲜空气，活泼的小狗和飞翔的海鸟，我能够想象或不能想象的一切都摆在面前，供我一个人享用。

我头脑中的黑色小球已经被控制住。它仍旧存在于那儿，伊特却用一种特殊的办法控制了它。一个白色小球被嵌入脑中，它是大脑的一个镜像，白色小球放射出同样多的细丝，穿入每一个脑细胞，在脑细胞内部，它将黑色细丝缠绕起来，以和我的细胞质完全绝缘。黑球不再能看到任何我的思想，它所看到的东西，都是伊特希望它看到的。于是我可以自由地活着，并没有因为抵达了银心而被黑球系统钻破头颅。

我在沙滩上晒了几天。天空中大大小小的恒星盘桓在头顶，每一天都是暖洋洋的。我的皮肤晒得很黑，甚至有些发疼，但我不在意。我不想思考任何东西，只想在这种暖洋洋的气氛中昏昏睡去。睁开眼就看见碧蓝的天空，闭上眼也能感受到温暖的光线。

然而好日子并不长久。细碎的脚步声传来，最后某个阴影挡住了我的阳光。睁开眼睛，我看见了山姆七。我让山姆七不要挡着光线，然后重新闭上眼睛。

山姆七奉了亚布的命令而来。亚布很聪明，他并没有亲自前来或者让伊特前来，他知道说服我前往 Osiris，山姆七是最好的选择，他和我同样来自 CSA 帝国，那是一种微妙的故土情感。当我靠在山姆七的胳膊上睡过去，伊特便洞若观火地把握了这种微妙。

"战争就要结束了。"山姆七告诉我，"伊特已经前往英仙座旋臂。战争再也不会继续下去。"

"人呢？那些战舰、机器人还有生化人兵团，他们怎么办？他们渴望着战争。"

"伊特说会把所有的人类转移到银心来。Osiris 已经不需要守卫。"

"很好。"

"还会有最后一场决战，你不想回去看看吗？"

"没有必要。"

"只有你回去，才能真正地停止战争。"

我睁开眼，"如果伊特也不能停止战争，我更没有办法。我不过是一个微不足道的原生人类。"

"不要忘了 Osiris。"山姆七微笑着，"这个庞然大物并没有把自己关起来，它在你的头脑里埋藏了黑球，它还可以控制其他人。伊特在准备和它的决战。"

我翻身站起，沿着沙滩向着海边小屋走去。Osiris，这是不可原谅的仇敌。它利用了我，羞辱了我。如果这是对它的最后一战，我一定要前去亲眼看见它的死亡。亚布从天而降，悬浮空中，"芭芭拉，我们需要你的帮助。你是被选中的人。"

阿拉帝国的伊特斯复活了太阳舰队。四百万艘天空舰，一百九十个行星级太空堡垒，不计其数的飞行器，剑鱼系的太阳被一分为二，一部分继续燃烧，维持着超级时空门，另一部分被导入星系发动机，暂时封存。浩浩荡荡的队伍进入超级时空门，直接进入错乱区。当这庞大的舰队从超空间折返，整个空间都在震颤。星系发动机吐出了另一半恒星，它开始燃烧，所有的汲井启动，能量的巨流从发动机流向恒星壳其他部分。最后，一道光亮从某个装置中发射出来，那是凝聚了三分之一恒星能量的高能等离子束。火焰的巨龙涌向前方，前方八百光秒的地方，同样的一条巨龙腾空而来。两条巨龙碰撞，形成一个直径七百万千米的火球，仿佛一颗超新星般放射出炽热的光。这光亮照亮了所有的黑暗地带，阿拉帝国舰队的前方，一支几乎同等规模的舰队正冲锋而来。

庞然的舰队在进行历史上最大规模的对决。两个兵团接战的那一刻，短短的三十秒，四千七百艘天空舰化成了漫天的火焰和残片。

漂流瓶从超空间返回，我看见那漫天的焰火，在黑色的宇宙背景上，就像一朵朵刺眼的红花绽放。更大规模的毁灭马上就会发生，就像从前发生的每一次战斗一样，双方同归于尽，没有胜利者，只剩下灰烬。然而这一次有些不同。战争在错乱区发生，阿拉帝国舰队所面对的，正是 Osiris。而那对面的舰队，竟然仿佛从黑暗中浮现一般。它们一直被 Osiris 隐藏在空间裂缝中，直至此刻才被迫浮现出来。

亚布出现在我身边，"芭芭拉，CSA 的舰队正在另一面进行攻击。"

"你曾经说，那是毫无意义的，Osiris 不可能被攻破。"

"是的。伊特斯只是消灭那些被 Osiris 控制的飞船。这些飞船是它从人类这里偷走的。也许它也自行制造了一些。"

更多的火焰展现在眼前。漂流瓶距离战场两亿五千万千米，光要跑十四分钟——战场上已经有更多的飞船化成了灰烬。

两个伊特斯突然中止了战争，合作攻击 Osiris。我回想起在剑鱼系和伊特斯之间的谈话，她要遵从阿拉帝国三千六百个星系所有人类的愿望，把战争进行到底。战争的确在继续进行，却是一个从来不曾料想的对手，而原先不共戴天的敌人，却成了朋友。一切显得那么突然，以至于让我有种不真实感。

"这就是决战？"

"这是前奏。你才是决战者，被选中的人。"

我并不知道来这里能干些什么，也不知道为什么亚布把我称作"被选中的人"。我想见证 Osiris 的毁灭，然而看起来，这并不是亚布的计划。他带我来到这里，观看一场焰火表演，然后让我去决战。这听起来像个玩笑。可是，上千光秒外，每秒都有成百上千的天空舰化为灰烬，这是为我的决战所做的铺垫。这隆重的铺垫，无论如何也不是一个玩笑。

亚布没有说，我没有问，该来的总会来。对待任何事都能平静，这是母亲唯一称赞过我的话。

一道火红的亮光映入眼睛，阿拉帝国第二次发射了恒星粒子流。这一次，对方没有拦截。

一个精灵拥有不可思议的能力，亚布居然能够在真空中隐形。他不需要任何飞船，事实上，他学会了在狄拉克海中潜泳。他也潜入我的脑中。那一瞬间，我的头脑仿佛经历了急剧的爆炸，几乎让我晕厥过去。他占用了伊特埋藏在我脑中的白球。

战场已经平静下来。阿拉帝国的太阳舰队取得了胜利，四百万规模的舰队，只剩下二分之一。CSA 舰队出现在 Osiris 的边缘，那是一支同样庞大而残破的舰队，它所遭受的打击更严重，Osiris 在那个方向布置了行星级黑球系统，它那致命的空间控制力是名副其实的死亡陷阱和极难摧毁的无形盾牌。漂流瓶在无数的残骸和幸存者中间穿行。所有的战舰似乎都望着这渺小的飞船，当它靠近一个太空堡垒，堡垒派出了六十四架飞行器环绕飞行。显然，他们都知道我要前去干什么。然而对于太阳舰队也无法攻破的黑暗城市，小小的漂流瓶又能怎么样？我居然看见了山姆七。他坐在六十四架飞行器当中的一架里，向着漂流瓶挥手。从一艘天空舰表面掠过，我看见了站在舰桥上的一队生化人，他们向着漂流瓶敬礼——机器人、生化人组成的舰队拱卫着漂流瓶。漂流瓶里边，是一个人，她的头脑里，有一个白色小球，这个小球里寄居着一个精灵，一个四亿年前的人类。是的，我是被选中的人，我的任务就是作为一个容器，将那精灵送到目的地。我有些恼怒。

"不，芭芭拉，你是关键人物。我们有其他的办法和 Osiris 接触，然而，你是它选中的人，你是它的使者，也是我们的使者。"

亚布在我的头脑中说话。

无论理由多么冠冕堂皇，我只知道一件事——一个人类绝对不能被其他人改变意志，哪怕接受改变有助于世界和平。我要求亚布从我的头脑中离开，因为他威胁到了我的自我。从理论上说，他已经能够取代我的意志，因为所谓的意志，不过是一系列错综复杂却井然有序的电化学信号，我相信伊特或者亚布完全有能力制造完美无缺的信号。然而亚布并没有这样做，就像黑球系统一样，他深入我的神经系统内部，却保持着外来者的身份。

"不要担心，我不会对你有任何侵害，你是一个人类，我也是。我们共同面对 Osiris。从四亿年前到现在，它一直是人类的敌人，是你的敌人，也是我的敌人。"

"我没有敌人。它欺骗了我，我要找它算账，仅此而已。你的敌人不关我的事。你们三亿年前抛弃了我们，难道不是吗？"

"芭芭拉，你可以把我们之间的界限划得很清楚，可是对于 Osiris，它认为我们都是人类。它要你来找我，它认准了我是人类，你也是，你是我的同类。我们在同一个战壕里。"

我知道亚布说的是对的，于是沉默着。亚布并不需要我告诉他我的想法，他能够了解。在我沉默了三分钟后，他说："让我们来谈谈 Osiris。"

人类通向银河的路并不顺畅，除了黑球，在从太阳系向着整个银河拓展的过程中，遭遇了许多的不同文明，也有其他的星际战争。然而，所有的文明，最后都能够彼此包容，整合。

在银心区，如果你在各座城市间行走，会发现生命形态多得无法形容。每一座城市都有各种生命形态，彼此截然不同。绝大部分是人类的后裔，也有少数保持着纯正的异星血统。事实上，某些人类后裔之间的差别，远远超过了人类和异星血统之间的鸿沟，因为许多人类从虚拟世界中诞生，这让他们从起初就完全脱离了生物人的定义。在两亿年的时间里，人类从太阳系扩展到整个银河，战争、谈判、包容、整合，各种文明都在妥协中统一起来，成了人们所见的银心区。唯一的例外是黑球系统。人类和黑球系统之间只有战争。消灭或者被消灭，这是人类舰队和黑球系统相遇后最终的结局。逃跑不是一个选项，因为黑球系统从来不逃跑，而面对黑球系统强大的空间控制力，人类舰队也根本无法逃跑。

亚布将许多历史灌输给我。悠长久远，对我来说，是史前史。这让我有了一种怪异的感觉，仿佛和亿万年前的情形在冥冥之中相连。宇宙是有呼吸的，亿万年前，它吸入一口气，然后呼出来，直到今天，这口气也没有完全吐出，亚布和我在这里，就是这一次呼吸的最后一点气息。

"然后人类就开始建造太阳舰队，消灭所有的黑球系统，直到遭遇 Osiris？"我问。

"是的。大概的情形就是如此。其中的关键是我们试图和它进行沟通，采用了所有可能的方式，但它从来不予理会。黑球系统是无法沟通的。即便我们捕获了少量的基本子，甚至能够制造出基本子构筑黑球系统，也没有办法和它交流。黑球系统以这样一种姿态在银河中存在：除了我，别无其他。它为了吞没整个银河而生。似乎对于每一个银河，它都是一种常见形态。只不过，在这个银河里，有我们这样一支人类。借助虚拟世界，我们成功地跳跃到星系级文明，往常这个过程需要十三亿年，而人类只用了三亿年。我们很幸运，在黑球系统抵达太阳系之前，恒星壳已经初具规模。我们才能够击退黑球系统，生存下来，并且反击。"

"除了 Osiris，人类消灭了所有的黑球系统。CSA 和阿拉两个伊特斯分离出来，作为 Osiris 的监视者，人类世界则在银心区繁荣生息。是这样？"我问。

"大概如此。"

"那么我们这支人类呢？我们就这样被遗弃在旋臂？难道伊特放弃了我们，让我们在这里和伊特斯一起玩一个永远没有尽头的游戏？"

"并非如此，芭芭拉。伊特一直遵守着人类的意愿，她本质上也是一个人类。你们的祖先，保持着忠诚的信念，认为人类应该维持光荣的血统不变，她们认为只有依靠自然繁衍的生物人是人类，这是一个最狭义的人类定义。然而伊特尊重你的祖先们的决定，让她们留在阿拉和CSA。因为，她们无法容忍银心区的多样性。"

留在旋臂是我的祖先们的选择。伊特斯服从人类，因为这是伊特交给她们的任务。我终于明白为什么从前CSA和阿拉帝国的人类人口大大超过机器人和生化人，而没有一个虚拟人。这是一个约定。我的祖先们和伊特之间的约定。

亚布抚慰着我："这并不难以理解。人类在进化的路上跑得太快，总有些不协调。我的母亲是一个善良而坚定的人，她就是一个顽强的人类主义者。而我，却和她走在完全不同的路上。四亿多年的时间里，这样的事发生了许多。你们的祖先决定将自己封闭起来，不和其他人类接触。而伊特斯的存在，正好提供了机会。"

历史是光荣而神秘的存在。流传给后人的英雄事迹，到最后就成了传说和神话。CSA和阿拉的历史也正是如此。

我的祖先们给了我一个光荣而伟大的血统和无数的传说，然而亚布却将这一切像戳破一个肥皂泡一般毁掉。

伊特斯有着双重目标——防范 Osiris 的任何异常，保证人类需求。她有一个潜在的约束：优先保证原生人类的需要。于是在战前的 CSA 和阿拉，人类有八十八万，机器人三百四十万，生化人只有三十五万。将这个数字和资源需求对比，就会明白这个人口比例需要多大的努力去维持：一个人的生存需求相当于十五个机器人或者三十四个生化人。而且，并不是所有的人都是苦行僧，某些人会要求额外的享受，比如一个星球，这就不是生存需求的问题了。人类还会为了各种离奇的事故相互攻击，比如一个眼神，一句话。绵延七十万年的旋臂战争，最初的起因就是两个家族为了争夺一个蓝色星球而大打出手。

人类自己开启了灭亡之门：怒火触发了战争，战争机器启动，人类自觉地抑制生育，而资源配置的天平严重地倾向性价比更高的机器人和生化人。战争后期，几乎占据了压倒性优势的战争机器人、生化人让整个过程彻底失去控制。

伟大的传说背后，透着一股子阴冷，让人脊骨发凉。听起来很像一个玩笑，但它却是事实。我不知道对亚布说些什么来辩解，只有沉默。

　　我想起那个倒在身前不到五十米地方的变异生化人。他用一种特殊的智慧看穿覆盖在我们身上的光华，的确，我们是特权人类。只是，当我从小理所当然地接受这地位，我的双眼就被蒙上了一层黑布，揭开它，不仅需要智慧，还需要否定一切的勇气。我不是那样的人，于是等到了这一天，让亚布来为我揭开。

　　然而一切都已经不复存在。伊特重新降临，伊特斯融入伊特成为一个整体。伊特将健全人格赋予所有的机器人和生化人，让其独立判断。CSA和阿拉不再敌对，成了朋友。那些有着忠诚信仰的人类为了延续血脉而将自己与伊特还有精灵们隔离，然而，两亿多年的时间，她们的理想最后破灭，一切回到伊特的世界。我是最后一个人，一个逝去世界的见证者和最后的代言人。

　　我这个最后的人类，却被Osiris选中，带着它的烙印跑到了银心区，此刻，我回到Osiris。伊特给了我一个白色球体的大脑镜像，亚布，一个四亿年的精灵，盘踞在白球中，和我谈银河和人类，还有光荣与梦想。

　　在进入Osiris之前，我终于相信亚布是一个人类，无论他有着怎样的形态，一个史前的男人，一个虚拟的人形，甚至什么都没有，只是一段思维，但他有梦想。有梦想的，才是人类，那和生理结构无关，而是一种信仰。

从漂流瓶的舷窗往回望。庞大的太阳舰队星星点点，我想起太空堡垒，想起为我护航的飞行队，还有山姆七，我相信，他成就了自己的梦想。还有那些生化人军团，他们不再是冰冷的炮灰和奴隶，他们向我挥手，微笑。再远处，是银心区团团的星光，在那里，伊特为无数形形色色的人类提供着各种可能性，光荣和梦想在那里延续。

漂流瓶不知不觉陷落在一个王氏陷阱里。所有的景象从眼前消失，周围的空间一无所有。

Osiris 再次出现在我的面前。这一次，它并没有从漂流瓶的主机中跳出来，而是从我的脑中一跃而起。我的大脑一阵眩晕，然后看见一个和我完全一样的影像。

"亚布，"它对着我脑中的那个精灵说，"你的朋友很坚强。真没有想到她会让一个机器人去报信而把自己放在死亡中。"

亚布跳出来。我眼前一阵发黑。

"Osiris。"

"芭芭拉，谢谢你能把我带回来。"Osiris 对我笑着，"人类的力量很强大，我最好还是不要出去。我能保留你的模样吗？我想你应该不是很介意。"

我不知道说什么。神秘的庞然黑洞和充满整个星系空间的基本子构成整个 Osiris，我所看见的却是一个人形。

"你是亚布。"它盯着亚布，目不转睛，"不错，亚空间体。你们进步很快。你就是那个侵入黑洞的人？"

"我是他的复制体，那个侵入黑洞的亚布已经消失了。不过，除了缺少那次进入你的黑洞的体验，我就是他。两亿多年，我一直在等你。我相信那不是一次毫无价值的牺牲。"

"是的，那一次入侵让我开始明白人是一种什么样的生命体。我开始明白你们送给我的很多信息。但我没有办法让你们明白。"

"你的思维无法从黑洞中逃逸，是吗？"

Osiris 有些惊讶，"你已经了解了我？"

"我们有虚拟世界。在洪荒世界里，产生了一个和你类似的超空间结构。那些四处攻击的黑球系统没有思维，它只按照最简单的生存模式规避危险，复制自己。而它们的源头，那个超级黑洞，是一个大脑。三维空间里，它是一个黑洞，六维模式上，它却高度复杂，也许你比我们的伊特更复杂。这种有思维的黑洞懂得如何让自己延续下去，那些黑球系统，能够帮助它将整个银河连接在一起，一旦条件成熟，银河将被强力压缩，在合适的位置将一半以上的银河质量填入狄拉克海，换来一场前所未有的爆炸，你的黑洞将被毁掉，你可以彻底断开约束，在整个宇宙中自由往来。"

Osiris 大笑起来，"很好，很好。我了解你们，你们也了解我。"

"我们知道，你是不可复制的，黑洞智慧和宇宙一样古老，而人类不过是宇宙中进化而来的小小生命。"亚布突然严肃起来，"但人类却有着自己的想法，我们要生存下去，为了这个目标不会畏惧任何牺牲。"亚布指着我，"她是原生人类，可能是这银河中最后一个原生人类，你已经看见了她的勇气。而我，你知道两亿年前为了试图和你进行交流，我闯入了你的黑洞，对三维生命体，这意味着死亡。"

"我明白，人类有时会为了某种意义而放弃生命。"

"所以不要逼迫我们。你已经学会了制造飞船，假以时日，飞船和黑球系统组成足够规模的编队，我们的舰队会很被动，你可以进行攻击，向银心推进。但我们已经展示了决心，你的舰队被全部消灭，我们则损失了六百万艘战舰还有八个太空堡垒，剑鱼系的主星也因为这次行动完全耗尽。我们重新包围了你，代价是一个 W 恒星系。"

"你们的反应比我想象得快。"

亚布看看我，看看那个和我一模一样的 Osiris，"这是你的代言人吗？你用了一个人类的形象。"

"是的。我是。我就是 Osiris。"那个芭芭拉微笑着迎着亚布的目光。

"对抗可以一直持续下去。但是你把芭芭拉送到了我们那里。"亚布打住话头，等着 Osiris 把它接下去。Osiris 看着亚布和我，似笑非笑。于是亚布接着说，"你要送我一件礼物。现在我上门来取。"

两个一模一样的亚布站在我面前。Osiris 从我的模样变成了亚布的模样，我并没有惊讶，他们都是能量体，如果愿意，他们甚至可以变成一团火，一道光，一个空间结构。然而事情并不是那么简单。那个和我一模一样的 Osiris 变成了亚布，真正的亚布掩饰不住惊讶，他甚至发出了一声惊呼。

"我回来了。"Osiris 的亚布满脸轻松。

突然间我看见亚布的脸上布满眼泪，虽然他是一个纯粹的能量体，却仍旧有着所有的人类表情，眼泪也在其中，他的眼泪滚落下来，并不掉落地面，而是消失在他的身体里。

"亚布，真的是你！"

"是的。"

亚布显然已经控制了他的情绪，"这真是很好的礼物。"说话之间，他的模样发生了变化。于是，我的眼前站立着两个人：Osiris化身的亚布，亚布化身的陌生人。事情有些奇怪，我看着那陌生人，希望他能够给我解释。

陌生人走上前去，给了亚布一个拥抱。某种奇迹在我的眼前发生，两个人形开始相互渗透，融合在一起，然后，一个人形再次分离出来。我的眼前又站立着两个人，这一次，仍旧是一个芭芭拉，一个亚布。

Osiris给了亚布一个礼物，这是两亿多年前，那个投向Osiris黑洞的亚布最后的记忆。亚布在那个时刻一分为二，变成了两个人，此刻，这两个人重新回到同一个个体身上。我在不自觉中明白了眼前发生的一切的含义，冥冥之中，不知道是亚布还是Osiris直接把一切投入了我的头脑。

我沉默着，Osiris对我并没有恶意，它只是想成全那个人类，让他重新拥有完整的记忆。它也想让人类知道，它已经懂得人类，一切都可以重新开始。亚布看着Osiris，说："谢谢！"

悠长历史的对抗在一声轻轻的"谢谢"中终结。一个勇敢的行为，让Osiris经历了漫长时间的思考，它终于能够把自己的思维收缩到三维空间中，和创造了三维文明奇迹的小小人类对话。这小小的人类，不仅展示了勇气，也显示了控制三维空间的高超技巧和强大的物质改造能力，没有合作，它永远不可能联结整个银河。

"我们有一个计划。"亚布直截了当地宣告他亲自前来的目的。Osiris 变成了一道若有若无的黑影，那是它的思维投射在这个空间的影子，没有任何伪装的真面目。它在听着，亚布在讲着，而我则是一个旁观者，见证一个听起来很伟大的时刻。

王氏陷阱自动消失。巨型黑洞的 X 光图像显示在屏幕上，无数的黑球系统围绕着黑洞飞快旋转，星系空间被塑造成特殊形态，让所有的黑球系统连成一个整体。远远看去，仿佛一个原子模型，中央黑洞便是那原子核，而这蔓生在整个星系空间的黑球系统，便是四处弥漫的电子云，无处不在，又无迹可循。

这不费吹灰之力便能吞噬太阳舰队的巨无霸展示了它的真正面目。我，最后一个原生人类，站在一个经历了四亿年岁月的精灵身边，一起观看这宇宙的伟大奇迹。

我的旅程到了终点，银河的旅程却正要开始。

一切都结束了。

Osiris 得到了它的归宿，它和伊特融合在一起，下一秒诞生的人类中间，出现了黑球形态，不仅仅在伊特的虚拟世界里，也出现在我们的这个宇宙中。他们是新一代人类，为了两个悠久古老种族的共同梦想而生。新人类在伊特的指挥下重新塑造着银河系的核心部分，他们不断繁衍，不断扩张，在六千万年的时间里，他们将把 Osiris 星系从英仙座旋臂拖入银心区，和银心的巨型黑洞融合，制造出空前绝后的空间发动机，直接从狄拉克海中汲取能量打通超时空之门，横跨亿万光年的通道将直接贯通另一个银河。人类将向着整个宇宙扩散文明，而 Osiris，将在空间发动机最后的三百万年时间里将整个银河吸收，然后随着最后时刻的爆炸而获得自由，离开这个空间。它得到了我的允许，如果在离去之前，它希望在这个空间中留下一个分身，它将采用我的形象。

亚布邀请我参加洪荒世界，因为我是一个具备候选条件的人类，他甚至向我展示了人类的全部历史，让我见到了最早的人类精灵，一个叫阿飞的人，还有那富有象征意义的十二副史前棺材，棺材里边装着十二具尸体，那是人类跨向洪荒世界的先行者。这些神一般的存在守护着人类的过去，现在和将来。我没有答应亚布。成为一个银河精灵是很大的诱惑，但我并不想放弃肉体。伊特可以为我不断创造新的、年轻的、强健有力的躯体，让我同样永生永世地活下去，我不让她这样做。人是这样一种生物：生活在亲人和朋友中间，有着光荣的血脉，和敌人战斗，获得荣誉和骄傲。这是我们关于人类的定义。不管战争是否正义，也不管那是否具有永恒的意义，我的一辈子，已经有太多的荣誉和骄傲。银河成为一个整体，人类跨上新的台阶，然而，那不是我的人类，我的银河。英仙座旋臂战争结束，这个银河已经没有任何东西值得我眷念。我只想在有生之年，徜徉在银心那数不清的恒星光芒之下，静静地回想那些已经消逝的过往。对于最后一个人类，宇宙还会变成怎样并不太重要。如果辉煌的史诗已经成了过去时，我就是那最后一个音符。乐章结束，一切都不会再有意义。